徳間文庫

地獄の清掃人

和久田正明

徳間書店

目次

第一話　美魔女

一

惨劇《さんげき》の現場は四谷御簞笥町《よつやおたんすまち》の裏通りにある仕舞屋《しもたや》で、町名主保土屋左兵衛《ほどやさへえ》の持ち家であった。

そこには左兵衛の妾《めかけ》のお絹《きぬ》と、若い女中のお糸《いと》が住んでいた。

その家へ昨夜強盗が押入り、女二人を斬り殺した上に有り金を奪って逃げた。不幸中の幸いは、昨夜は左兵衛がいなかったことだ。

早朝にいつも来る太吉《たきち》という蜆《しじみ》売りの少年が、妾宅《しょうたく》の惨事を知って大騒ぎとなり、自身番《じしんばん》から町役人《ちょうやくにん》が駆けつけて家を封鎖《ふうさ》した。ややあって知らせを受けた町方同心たちが、大勢で来て現場検証を始めた。

しかし半刻《はんとき》（一時間）も経《た》った頃、なぜか町方同心らは引き上げてしまい、代わって別の役人たちがやって来て詮議《せんぎ》を始めた。

それは『盗賊火附改《とうぞくひつけあらため》』である。

盗賊火附改の呼称は、江戸の初めの頃は火附改、盗賊改、博奕《ばくち》改にそれぞれ分かれていたが、いつしか三役は併合され、『火附盗賊改役』となった。江戸後期の『武鑑《ぶかん》』には、盗賊火附改となっている。

しかし略して言う時に、『盗火改』では語呂《ごろ》も字面《じづら》も悪いので、『火盗改《かとうあらため》』になった。

ここでは本来の盗賊火附改で通す。

酸鼻《さんび》を極める血の海のなかで、十人以上の職人たちが窓から差し込む朝日を背に、黙々と作業をしていた。

経師屋《きょうじや》が障子《しょうじ》や唐紙《からかみ》を、畳屋《たたみや》が何枚もの畳をそれぞれ張り替えている。彼らは世間の表には出ない『清掃人《せいそうにん》』と呼ばれる一団で、こういうことがあるとお上《かみ》から差し向けられて清掃の仕事をこなすのだ。彼らは今は堅気《かたぎ》だが、ほとんどが前非《ぜんぴ》（前科）持ちの身であった。

血塗《ちぬ》られた家をいつまでも放置しておくわけにはゆかず、お上の措置《そち》として清掃人を差し向けるのだ。

差口奉公人《さしぐちほうこうにん》の猪之吉《いのきち》はおぞましげな顔で家の外に立ち、ぶらつきながらその作業を見守っていた。

猪之吉はその名の通り猪首《いくび》の男で、ずんぐりむっくりの中年だ。差口奉公人という呼び名は盗賊火附改が抱《かか》える岡っ引きのことで、町方とは違う長十手《ながじって》を腰に落としている。

そこへ盗賊火附改同心熊坂小吉《くまさかこきち》が現れ、猪之吉の横に立った。

熊坂は黒の紋付羽織《もんつきはおり》に着流し姿で、それは町方同心とおなじ定服なのだが、彼らの八丁堀《はっちょうぼり》風の高く結《ゆ》った派手な小銀杏髷《こいちょうまげ》とは異なり、ごく尋常《じんじょう》な御家人《ごけにん》髷に結っている。やはり長十手を腰に落とし、両刀を帯びている。

猪之吉がサッと身を退《ひ》いて慇懃《いんぎん》に会釈《えしゃく》した。元盗《ぬす》っ人《と》なだけに、盗賊火附改の同心にはどうしても卑屈《ひくつ》になるのだ。

「鼻が曲がるな、血の臭《にお》いには」

吐《は》き捨てるように熊坂が言った。

長身痩軀《ちょうしんそうく》で顔が青白く、眼光は容赦《ようしゃ》なく鋭い。剣は北辰一刀流《ほくしんいっとうりゅう》の使い手で、年は三十になったところだ。熊坂は直情径行《ちょくじょうけいこう》な気性であり、正義はかならず成さねばならぬと本気で信じ、実際に遂行《すいこう》もしている男だ。

「そりゃ無理もござんせんぜ、熊坂の旦那、女二人の血が流されてるんですからねえ」

へつらいの表情で猪之吉が言い、

「細《こま》けえことはわかりやしたかい」

猪之吉は惨殺死体は見ていないし、事件の概要《がいよう》をわかりかねていた。

熊坂がうなずき、

「妾も女中も手込めにされて殺されていた。保土屋の話では有り金は十両ほどだったそうな。しかし猪之吉、下手人《げしゅにん》は知れたぞ」

「えっ、本当ですかい」

「赤蝮《あかまむし》の仕業《しわざ》だ」

猪之吉が目を剝《む》く。

「どうしてわかったんで」

「女二人の股ぐらに焼け火箸《ひばし》が突っ込んであった。その残忍なやり口はいつもの赤蝮《あかまむし》の証なのだ」

「なんてえこった、そいつぁ難儀《なんぎ》じゃござんせんか」

赤蝮は五、六人の匪賊《ひぞく》の一団で、二年ほど前からご府内で兇状《きょうじょう》を重《かさ》ねていた。押込み先でかならず女を犯し、殺害後に陰部に焼け火箸を突っ込むのを習いとしている。顔も正体も一切不明で、南北両町奉行所、盗賊火附改が躍起《やっき》になって追跡しているが、未《いま》だに尻尾《しっぽ》はつかめていない。

「けどこのご詮議、町方がよくすんなり譲《ゆず》りやしたねえ」

「何せ相手が相手だ、お手上げだったのであろう。文句は出なかったみたいだ。というより、お頭殿《かしら》が出張《でば》って参られたからな」

「えっ、お頭様がお見えに」

たちまち猪之吉が緊張の顔になった。

熊坂が言う『お頭殿』とは盗賊火附改のお頭、松平彦左衛門永図《まつだいらひこざえもんながのり》のことだ。

「今は自身番で、保土屋左兵衛から話を聞いているところだ」

「へえ、さいで」

するとそこへ一人の小娘が手桶《ておけ》を提《さ》げて現れ、惨劇の家へ入って行った。少し離れて立つ熊坂と猪之吉の方を、小娘は一顧《いっこ》だにしない。

そうして小娘は、経師屋や畳屋に混ざって作業をする。

小娘の作業とは何枚もの雑巾《ぞうきん》で壁や床の血飛沫《ちしぶき》を拭き取って手桶に絞《しぼ》り、それがいっぱいになると、また手桶を提げて家の裏手へ行き、この家には井戸端がないからどぶへ血を流しに行く。空《から》になった手桶はたちまち血で溢《あふ》れるので、また捨てに行く。それを繰り返しているのだ。

「おい、なんだ、あの小娘は」

小娘を凝視《ぎょうし》していた熊坂が、猪之吉に問うた。

「へっ？　ご存知なかったんですかい」

「知らん、初めて見る顔だ。なぜあんな小娘が汚れ仕事をやっている」

「あれは小夜《さよ》っていいやして、つい最近清掃人の仕事を始めたんでさ。あっしらも詳《くわ》しい身の上は聞かされておりやせん。何せお頭様のお声掛かりだったみてえで」

「お頭殿の？」

「ちょっとお待ちを」

そう言っておき、猪之吉が「小夜」と大きな声で呼んで手招《てまね》いた。

小夜がこっちを見るや、血染めの手拭《てぬぐ》いを手桶に放り、物憂《ものう》いような顔で寄って来た。

「こちら、同心の熊坂小吉様だ」

小夜はちらっと熊坂に視線を投げ、

「お初におめもじします。小夜と申します」

抑揚《よくよう》のない声で言い、頭を下げた。

その貌《かお》を見るなり、熊坂は内心で息を呑《の》む思いがした。小夜は黒髪をひっつめにし、木綿《もめん》の粗衣《そい》を着た地味な装《よそお》いだが、思いのほか美形だったのだ。鼻筋の通った瓜実顔《うりざねがお》に、黒い瞳は深沈《しんちん》とした暗黒の色を湛《たた》え、声はどこか憂《うれ》いを帯びている。はかなくも痛々しげな美しさの奥に、小夜は烈々《れつれつ》と燃え立つ暗い情熱のようなものを秘めていた。

お頭殿のお声掛かりなら、小夜もやはり前非持ちではないのか。熊坂は興味が湧《わ》いた。

「おまえ、年は」

「十八になります」

「いつからこの仕事をやっている」

小夜は目を合わさず、うつむいたままでよどみなく答える。

「一月《ひとつき》前からでして、この一件で三度目になります。最初は通《とおり》一丁目の長屋で一家心中がありまして、その三日後に増上寺《ぞうじょうじ》近くの家で按摩《あんま》さん同士の殺し合いが。このお役に就《つ》くなり、立て続けに清掃の仕事をしたんです」

按摩たちの事件は熊坂も憶《おぼ》えがあった。町方が手一杯で、盗賊火附改にお鉢が廻《まわ》ってきた。別の同心が扱《あつか》ったものだが、真相は按摩同士の妬《ねた》みに端を発した陰湿《いんしつ》なもので、それが殺し合いに発展したのだと聞いている。

「どう思った、その時」

「へっ？」

小夜が眉目《びもく》を険《けわ》しくし、熊坂を見た。

「最初から平気でやれたのか。尋常ならばとてもやれぬ仕事と思うが」

「そんなこと考えたこともありません。仕事は仕事ですんで」

熊坂は尚《なお》も解《げ》せない思いで、

「それにしても、血腥《ちなまぐさ》い仕事をなぜやっている。娘の生業《なりわい》ならほかにいくらもあろうが」

「あたしにはその前からの仕事があります」

「なんだ、それは」

「小絵馬《こえま》売りです」

「ならば、なぜだ」

話はまた元へ戻った。

「それは……」

「それは？」

「答えられません」

「どうしてだ」

「人にはいろいろわけがあります」

そう言い、目を伏せて、

「もういいですか、仕事に戻らないと。日の暮れまでに終えたいんです」

熊坂が無言で承諾し、小夜は家のなかへ戻って行った。肩を落とし、少し猫背の陰気臭く見えるその後ろ姿が特徴だ。

猪之吉が舌打ちし、申し訳ない顔で、

「旦那、ご勘弁《かんべん》下せえやし。あの娘は誰に対してもあんな調子なんですよ。人に心を開かねえんでさ」

「そうか、わかった」

ぶっきら棒に言って、熊坂は消え去った。

二

松平彦左衛門永図は、御箪笥町の自身番で町名主保土屋左兵衛から事情を聞いていた。

彦左は明和《めいわ》元年（一七六四）生まれの五十歳で、その面相はふっくら下膨《しもぶく》れの顔に福耳《ふくみみ》を持ち、小肥《こぶと》り短軀《たんく》だ。しかし直参《じきさん》の大身《たいしん》旗本らしい風格は充分《じゅうぶん》に兼ね備えている。

盗賊火附改は町奉行所のような役所は与えられず、自邸をそのまま使うのが習いだ。彦左の拝領《はいりょう》屋敷は牛込榎《うしごめえのきちょう》町にあり、盗賊火附改を拝命《はいめい》してからは自邸を役所として改築し、与力十騎、同心五十人がお上から差し向けられた。ゆえに家臣を含めると大人数となり、千二百坪の屋敷はやや手狭《てぜま》となった。

歴代、罪人の詮議は峻厳《しゅんげん》を極め、『海老責《えびぜ》め』なる拷問法《ごうもんほう》を考案したのも盗賊火附改だ。海老責めは別称『箱責め』とも言われ、罪人の躰《からだ》を海老のように折り曲げ、縛《しば》り上げて責めまくるもので、かなり苛烈《かれつ》な拷問法なのである。

保土屋左兵衛は泪声《なみだ》で、縷々《るる》として話しつづけている。四十前の脂《あぶら》ぎった初老である。

「もうこんな悲しいことはございません。お絹は初めのうちは当家の女中をしておりました。もっぱらわたくしの身の回りの世話役でしたが、家内の悋気《りんき》を買ってやむなく外へ出すことに」

「つまりその方は、町名主である立場もわきめえねえで、女中に手を出して理無《わりな》い仲になったと、そういうこったな」

江戸育ちの彦左がべらんめえ口調で言う。

「はっ、恐縮でございます。それで御箪笥町に一軒持たせたようなわけでございまして。その後、家内は病《やま》いを得てこの世を去りましたが、お絹はそのまま囲っておりました。お察《さっ》し下さいまし。家には伜《せがれ》や娘がおりますので、お絹を正妻に直すのは憚《はばか》られたんでございます」

「子供たちとお絹の間に揉《も》め事《ごと》はどうだ」

「いえ、ございません」

「ほかにその方を怨《うら》んでいるような輩《やから》はいねえかい」

「はい、まったく身に覚えが」

「そうか」

下手人が赤蝮一味と知れているのだから、それ以上保土屋の身辺を探っても意味がないので、彦左が事情聴取を打ち切った。

「松平様、どうかお絹の仇《かたき》を討ってやって下さいまし。いいえ、お絹ばかりではございません。このままでは、女中のお糸も浮かばれないのです」

「相わかった、当方で全力を尽くすぞ」

自身番を去る左兵衛と、彦左は一緒に表へ出た。

そこへ熊坂が来て、無言で左兵衛を見た。

左兵衛は熊坂に頭を下げ、去って行く。

「お頭殿、そこいらで」

熊坂が言い、彦左は承知してうなずき、行きかけて同時に歩を止めた。

血まみれの手桶を提げた小夜が、離れた所に立っていたのだ。

その視線の先は——小夜はなぜか左兵衛のことをじっと見送っている。

「どうした、小夜」

彦左が不審に思い問うと、小夜は虚《きょ》を衝《つ》かれた顔になり、臆《おく》したように二人を見た後、何も言わずに立ち去った。

三

町内の蕎麦屋《そばや》の二階に陣取り、彦左と熊坂は腹にものを入れ始めた。海老や青物の天ぷらを大皿に山盛りにし、燗酒《かんざけ》を飲んでいる。

秋の日の釣瓶落《つるべお》としが始まっていた。

「お頭殿、小夜が如何《いか》なる素性《すじょう》の娘なのか、お聞かせ下され。お頭殿のお声掛かりだと、猪之吉から聞きましたが」

彦左はうなずきながら、

「おれと知り合《お》うたのは三月《みつき》ほど前になる」

「きっかけはどのような？」

彦左はすぐには答えず、静かに酒を呷《あお》る。

「あれは誰が見ても鄙《ひな》には稀《まれ》な美形、それが何ゆえあのような汚れ仕事を。わけが知りたいですな」

熊坂の追及に、彦左が語った話はこうだ。

三月前のある晩、伝通院《でんづういん》近くの仏具屋に三人組の押込みがあった。いずれも食い詰めの無宿たちだ。三人は家人を次々に縛り上げ、帳場の金に手を出そうとした。そこへ土地の岡っ引きが入って来て、男たちと鉢合わせになった。岡っ引きは果敢《かかん》にも三人組に飛びかかったが、その場で匕首《あいくち》で刺し殺された。

予期せぬ出来事に、その場にいた全員が凍《こお》りついた。

三人組は逃げる隙《すき》を失い、仏具屋に立て籠《こ》もった。表で待っていた下っ引きが事態を察知《さっち》し、泡を食って自身番へ走った。そこには夜廻りで立ち寄った彦左がいて、知らせを受けるや仏具屋へ直行した。店のなかにいる三人組と、彦左は大戸越しに「観念して出て来い」と交渉を重《かさ》ねた。だが無宿たちは兇暴《きょうぼう》に吼《ほ》え立てるばかりで、一向に埒《らち》が明かない。

その頃には野次馬が集まって来て、黒山の人だかりとなっていた。

突如《とつじょ》、店の大戸が蹴開《けひら》けられ、何人かの奉公人が叫びながら逃げ出て来た。番頭一人、手代三人、女中二人だ。それを機に彦左が彼らと入れ違いに店へ飛び込もうとすると、野次馬のなかにいた一人の娘が彦左を止めた。

「捕物の邪魔《じゃま》をするな」

彦左がそう言うと、娘は今逃げて行った手代姿の三人こそが下手人たちだと告げた。娘は行商風のいでたちで、小絵馬を竹の四つ目籠《かご》に重ねて両天秤《りょうてんびん》にしており、小絵馬売りだとすぐにわかった。零細《れいさい》な縁起物売りだ。

彦左が店のなかを覗《のぞ》くと、裸にされた手代たちが縛られて転がされていた。三人組は手代たちの仕着せを剝《は》ぎ取り、番頭と女中たちを脅《おど》してめくらましとし、まんまと化けて逃げようとしたのだ。

彦左は三人組を追ってたちまち長十手で打撃し、駆けつけた町役人たちに引き渡した。元の所に戻って娘に礼を言おうとしてハッとなった。娘は消えていたのだ。

（くそっ、あの小娘、尋常じゃねえぞ）

とっさにそう思った。

しかしいくらその場から消えたとしても、娘が小絵馬売りであることはわかっていたので、探すのに造作《ぞうさ》はなかった。

娘の所（住居）はすぐに判明し、彦左は次の日には本所《ほんじょ》一つ目の長屋を訪ねていた。

その名も小夜であるとつかんでいた。

家のなかは若い娘の住居とは思えぬ質素さで、必要最低限なものしか置いてなかった。

彦左の顔を見ても小夜は驚きもせず、

「やはり突き止められましたか」

落ち着いた声で言った。

「なんで逃げるんだよ、おめえ。悪いことをしたわけじゃあるめえ」

「嫌いなんですよ、お役人様が」

「脛《すね》に疵《きず》でもあるってか」

「そんなものありゃしませんけどね、あたしは独りでひっそりと生きていたいだけなんです。だから放っといてくれませんか」

小夜は強気に言い張る。

「だったら余計なことはするもんじゃねえ。雉《きじ》も鳴かずば打たれめえによ」

「ゆんべのことを言ってるんですか」

「そうだ」

「その口ぶりじゃあたしに疑いを持っておられますね。あの時あたしが手代に化けた三人組を見破らなかったら、旦那はとんだ恥を晒《さら》していたはずです」

それを言われると、彦左は面目《めんぼく》がない。

「そうなんだよな、いや、すまねえ。ともかくよ、ゆんべの礼を言いに来たんだ。有難うよ」

「どう致しまして。用が済んだらお帰り願えませんか」

彦左は小夜の対応に苦笑し、それが逆に歯応《はごた》えのようなものに感じて、

「そう言うなよ、まるで木で鼻じゃねえか」

彦左は勝手に上がり框《がまち》に掛け、

「ゆんべの奴らなんだが、手代に化けて逃げ出して来たのをどうして見破った」

「だって手代の顔をしてないじゃありませんか。すぐにわかりましたよ」

「うむ……」

彦左は唸《うな》り声を上げて、

「おめえ、いってえどんな素性なんだ」

「ごく尋常な娘のつもりです」

「そうは思えねえなあ」

「どう思おうが旦那の勝手ですけど、探りを入れられるのはあまり好きじゃないんです」

「誰だってそうだろ」

お礼にうまいものを食わせたいと彦左が言うと、小夜はあっさり断った。

そこまでを聞いたところで、熊坂が質問をぶつけてきた。

「小夜の人別《にんべつ》はどうなっておりましたか。お頭殿のことですから、どうせその後調べたはずです」

「当《あ》た棒《ぼう》よ、そうしねえではいらんなかったぜ。小夜の素性はこうだ。ふた親がいたが父親は義父で、母親は深川《ふかがわ》で酌婦《しゃくふ》をしていた。義父はすでに他界している。しかしなぜか小夜は母親とは縁を切っていて、何があったかと尋《たず》ねても、勘弁してくれと言うばかりで何も教えてくれねえ」

「面妖《めんよう》ですな。小夜に前非は」

「さあ、あるかねえか、人別にゃ何も載ってねえのさ。けど小夜の昔なんざどうだっていいんだ。この娘は使えるとおれぁ思ったぜ」

「それで清掃人ですか」

「いいや、そこへ行くにゃ紆余曲折《うよきょくせつ》があったんだ。初めは密偵役をやらそうと思った。ところが奴は岡っ引きの真似事《まねごと》はしたくねえとぬかしやがった」

「その辺に何かありますな」

「そうだろうな。けどおれとしちゃこうと見込んだんだから、小夜に何かやらせてえ。下手人を見破る奴の眼力にゃおれぁ舌を巻いたのさ」

「お頭殿、おれも小夜から目が離せなくなりましたぞ」

「わかってくれたかい」

熊坂がうなずいた。

四

「絵馬屋　がくや　がくや……」

小夜が売り声を上げながら、両国広小路《りょうごくひろこうじ》を練り歩いている。化粧はしておらず、着ているものも相変わらず木綿の粗衣だ。

広小路は昼でも賑《にぎ》わっていて、何人かの通りすがりの女たちが小夜を呼び止め、小絵馬を選んで買い求める。

やがて小夜は雑踏《ざっとう》を抜けると、裏通りにある小さな稲荷《いなり》のなかへ入り、そこの石碑に掛けて弁当包みを開いた。白い飯に梅干しだけの質素なものだ。

それを口に運びつつ、小夜は竹筒の水を飲む。

木の上では啄木鳥《きつつき》が鳴いている。

人の気配がして小夜が顔を上げると、熊坂小吉が立っていた。腰の長十手がキラッと光る。

小夜は目礼《もくれい》だけしておき、無表情に食べつづける。それは拒否反応のようにも見えた。

「調べたぞ、おまえのことを」

熊坂が言うが、顔を背《そむ》けたままで小夜は口だけ動かしている。

熊坂は探るような目をくれながら、

「清掃人をやりながら小絵馬売りか。妙な取り合わせだな。しかしよくぞお頭殿の申し出を受け入れたもんだ」

「なぜか、というお尋ねですか」

「いいや、それもお頭殿から聞いた。盗賊火附改の密偵が嫌で、おまえはみずから清掃人を願い出たそうだな」

向かいの石碑に掛け、熊坂は言う。

小夜は硬い表情のままで、

「清掃人のことは以前から知ってました。常々やってみたいと思っていたんです」

「そこがわからんのだ。おまえに最初に会った時もおなじことを言ったが、なぜ年若い娘が血まみれの現場で働くか。尋常ならば吐きそうになっても不思議はないぞ」

「吐きましたよ、何度も」

「それでもつづけるのか」

「はい」

「それはなぜだ」

「血まみれの現場に立つと、無慈悲《むじひ》に、理不尽《りふじん》に命を取られた人の声が聞こえてくるような気がするんです。按摩さんたちの時はそうでもなかったんですけど、最初の一家心中はこの身に応えました。死にたくなかったと、子供たちの声があたしの耳に聞こえて……いいえ、聞こえるはずはないんですが、あれはそうとしか」

　熊坂は失笑する。

「亡者はなんと言っている。それを聞いてどうするのだ。死者は甦《よみがえ》らんのだぞ」

「なんとかしてくれと、あたしに訴えてくるような気が」

「しかしどうにもなるまい。おまえに何ができる」

「下手人がわかっていれば何もしません。按摩さんの時はなす術《すべ》はありませんでしたが、そうじゃないと……」

「どうする」

「あたしが下手人を探してやらなければいけないんじゃないかと。これからはそうしようと思ってるんです」

「保土屋の妾と女中殺しを調べるつもりか。したがあれは下手人がわかっている。赤蝮という盗っ人どもの仕業なのだ」

　小夜は押し黙る。

「おい、聞いてるのか」

「下手人が赤蝮って、本当なんですか」

「どういう意味だ」

「違うかも知れないじゃありませんか」

「赤蝮であるという確かな証もあるのだ」

女の陰部に焼け火箸の件を言うつもりはなかった。

「熊坂様、最初から決めつけたり、思い込みはいけませんよ」

「赤蝮のことか」

「はい」

熊坂は声を荒くして、

「おのれ、わかったようなことを言うな、この小癪《こしゃく》な娘が。何様のつもりだ。おまえは出過ぎなのだ」

怒鳴られると小夜はムッとした様子で、弁当箱をしまって小絵馬の道具を担《かつ》ぎ、無言のまま行きかけた。

「どこへ行く」

「家に戻るんです。それから少しばかり調べようかと」

「密偵は嫌だと言ったのではなかったか」

「あたしは盗賊火附改の密偵じゃありませんよ。お絹さんとお糸さんの声を聞いて動いてるんです」

「霊媒師《れいばいし》か、おまえは」

熊坂が揶揄《やゆ》して言った。

それには何も答えず、小夜は足早に立ち去った。

「くそっ、あの小娘が」

熊坂は憤懣《ふんまん》やる方ない。

大人びた口調と落ち着き払った小夜のその物腰に、あの娘は本当に十八なのかと、熊坂は腹の内で舌を巻いていた。

五

深川蛤町《はまぐりちょう》にその芋酒屋《いもざけや》はあり、屋号を『浜千鳥《はまちどり》』といった。

芋酒とは山芋を擦《す》り、酒に練り混ぜた安酒のことを言うが、一般に芋酒屋というとおでん屋のことを指《さ》す。因《ちな》みに清酒のことは諸白《もろはく》といい、こちらは上質の米と麹《こうじ》で造った酒だから、貧乏人はおいそれとは飲めない。

浜千鳥の店は広く、仕事帰りの職人の客で混み合っていた。酌婦を何人も置いている。

盗賊火附改の同心とは様子を一変させ、大刀を一振りだけ落とし差しにし、着流しになった熊坂がぶらりと入って来た。長十手も帯びておらず、無役の御家人を装《よそお》っている。

酌婦たちはいずれも姥桜《うばざくら》だから見分けがつかず、熊坂は寄って来た一人に「おまえ、お房《ふさ》か」と聞き、違うと言われて「お房はどの女だ」と問うた。その一人が向こうへ行き、お房を連れて来た。

お房は小夜とは似ても似つかず、小肥りで荒《すさ》んだ風情《ふぜい》が窺《うかが》える。それでも四十前で、色香はまだ残っているようだ。

熊坂が空《あ》いている床几《しょうぎ》に掛けて、お房に酒を頼んだ。

ややあって二人は酒を酌《く》み交《か》わす。

「旦那、お初でござんす」

熊坂がお房の酌を受けて飲み、

「小夜はおまえの娘だな」

いきなりそう言われると、お房の顔から笑みが消えた。

「小夜とはもう縁を切りましたのさ」

投げやりな口調で言った。

「母子《おやこ》の間に何があった」

「なんですか、藪《やぶ》から棒に。おまえさん、誰なんです」

「盗賊火附改だ」

熊坂が押し殺した声で言うと、お房は叫びそうになった。

「何をしたんですか、小夜が」

声を震わせ、目の色を変えて言う。

「案ずるな、小夜は何もしておらん」

「じゃ、いったい何が聞きたいんですね」

「まず母子の間にあったことを話せ」

「そ、そう言われましても……」

お房は困惑する。

「縁切りはどっちからだ」

「向こうです」

「何があった」

「言いませんよ、口が裂けたって」

「よほどのことか」

「へえ、よほどのことです」

お房は沈み込む。

「おまえの人別を調べると子が一人消されている。どこかへ養子に出したのか」

思い詰めた顔でお房がうなずく。

「どんな子がいた」

「妹です、小夜の。神田《かんだ》の方の子のない大工の家に貰《もら》われてったんです。今は奉公に出て一緒にはいないはずですけど。奉公先は勘弁して下さい」

「その妹とは縁を切ってないのか」

「……………」

「どうなんだ」

「いえ、小夜とおんなじです。二人とも、あたしとはもう一生会わないと」

酒がなくなり、お房は取りに行って戻って来る。

「おまえは子供たちに何をした」

「それ以上聞かないでくれませんか」

「調べればわかることだぞ」

「いいえ、金輪際《こんりんざい》わかりゃしませんよ。家のなかで起こったことですから」

「小夜は今は清掃人をやっている」

「ええっ」

「犯科《はんか》が起こった血まみれの家の清掃を生業としている。小夜がなぜそんな仕事をしているのか、おれはどうしても知りたくてな」

「血まみれの家……」

「そんななかにあっても、小夜は毅然《きぜん》として生きている。だから解せんのだ」

「悪いのはあたしなんです」

「それを聞かせろ」

お房は黙り込む。

「おい、なんとか言え」

「帰って貰えませんか」

「明日来たら話すのか、そんな保証はあるまい」

「だから言ったでしょ、口が裂けたって言えないって。おまえさん、人の家のことに首を突っ込むのはやめてくれませんか」

「何い」

熊坂が睨《にら》むと、お房は表情を歪《ゆが》めて取り乱し、

「ここへは二度と来ないで下さい、後生《ごしょう》ですから」

身も世もなく号泣《ごうきゅう》を始めた。

客や他の酌婦たちが騒ぎだす。

(出直すとするか)

熊坂は席を蹴って立ち上がった。

六

「あの時は驚いたのなんの、肝《きも》が冷えたぜ」

蜆売りの少年太吉は、小夜の前で語りだした。

御箪笥町の外《はず》れにある太吉の長屋近くだ。相手はまだ十六歳ゆえに身分を告《つ》げる必要もなく、また聞かれもせず、太吉は小夜に呼び出されると惨劇に遭遇《そうぐう》した朝のことを、甲高い声で喋《しゃべ》りまくる。

今日は商《あきな》いで来たわけではないから、小夜は手ぶらである。

「お絹さんが蜆が好きなんで、毎日のように買ってくれてた。そいでもってあの日も行ってみると、家ンなかがやけに静かでよ、てえか、妙にひんやりしてたのを憶えてらあ。次に妙だと思ったのは生臭《なまぐさ》え変な臭いだった。後でわかったんだけど、あれが血の臭いってえやつだったのさ。こいつぁもうふつうじゃねえ、只《ただ》ごっちゃねえとすぐにわかった。でもけえるわけにゃゆかねえから、恐る恐る戸口からなかにへえって、二人の名めえを呼んでみた。けどいつもの返事がねえ。こっちはもう足がガクガクよ」

「ちょっと待って、その時誰かいた？　家の周《まわ》りに」

「いいや、人っ子一人いなかった。だってまだ明け六つ（午前六時）なんだぜ。家ンなかでおいらが見たものについちゃ聞かねえでくれ。二度と口にしたくねえのさ」

そう言った後、太吉が「あっ」と叫んだ。

小夜が覗き込む。

「いけねえ、役人に言うのを忘れてた」

「なんのこと」

「お絹さんはもう目を閉じていたけど、お糸さんの方は微《かす》かに息があったんだ」

「お糸って子は幾つ？」

「お糸さんは十五だ。こいつがませてやがってよ、おいらに気があるみてえだった。いつも笑顔を向けてくれて、あの顔思い出すと、おいら悲しくってよお……」

泣き っ面《つら》になる太吉を、小夜は慰《なぐさ》め、

「お糸ちゃん、最期に何か言ったの」

「意味のわからねえことを言い残したぜ」

「なんて言ったの」

「やめて、旦那さんて」

「えっ」

「あの家で旦那さんて言ったら保土屋さんしかいねえよな。おいらもよくして貰ったぜ。だからその旦那さんがお糸さんに何をしたのか、さっぱりわからねえんだよ」

太吉と別れ、小夜は町をさまよった。

御簞笥町から麹町《こうじまち》を抜け、御堀に立って水面《みなも》を眺《なが》め、小夜はもの思いに耽《ふけ》る。

(あたしの勘は間違っていなかった)

最初に自身番から出て来た保土屋左兵衛を見た時、直感としてその躰から罪の臭いを嗅《か》いだような気がした。悪事を働いた罪人は後ろめたく、ずっと業《ごう》を背負わねばならない。胸を張って生きることはもうできなくなる。しかしその反動から居丈高《いたけだか》になったり、必要以上に尊大《そんだい》に振る舞ったりもする。それは罪を隠すためにそうするのだ。

暗い情念を押し隠して生きているその人間から、おのずと醸《かも》し出されるものがある。それが罪の臭いだ。

「お糸さんは十五だ」

いきなり太吉の声が耳に甦ってきた。

「十五……」

口に出して小夜がつぶやいた。

小夜が女にされたのも十五だった。相手は義父、つまりお房の亭主綱八《つなはち》のことである。

そもそもお房には、れっきとした指物師《さしものし》の亭主治助《じすけ》がいた。小夜、お才《さい》姉妹の父親だ。

指物師は伝統的な家具職人のことを言い、簞笥、乱れ箱、半襟箱《はんえりばこ》、衣桁《いこう》、衝立《ついたて》、屏風《びょうぶ》、それに文机《ふづくえ》、座卓、飾り棚などまで作り、修繕もする職人で、手先の器用さを求められる仕事だ。

家族四人はかつて浅草下平右衛門町《あさくさしもへいえもんちょう》の二階建の上級長屋で、何不自由ない暮らしをしていた。柳橋《やなぎばし》がそばにあって両国にも近く、大川に面し、活気と風情のある町だった。

今思えば、その頃が姉妹の一番いい時期だったのかも知れない。

治助は生真面目《きまじめ》だけが取柄《とりえ》の寡黙《かもく》な男で、姉妹に人の道を説《と》き、女としての礼節《れいせつ》や慎《つつし》みを教えた。

それというのも、治助の腕がよかったから二、三の旗本家へ呼ばれ、職人を多数引き連れ、邸内で指物の仕事をよくした。その治助が武家の家庭を垣間見《かいまみ》て、憧憬《しょうけい》の気持ちを持つようになった。人の暮らしとはかくあるべし、と思ったのだ。武家の堅《けん》実《じつ》なその暮らしぶりに感嘆し、娘たちにも教え込むようになったのだ。治助の教育は幼い小夜とお才に根づいた。

しかし初老を迎える前に、治助は病いを得て旅立ってしまった。その人柄同様に静かなひっそりとした死だった。

とたんに実入りがなくなり、お房は下平右衛門町の長屋を引き払うと、姉妹を連れて浅草橋場《はしば》へ転宅を余儀《よぎ》なくされた。落ち着いた先は住み心地《ごこち》が悪く、ひどいおんぼろ長屋だった。

橋場の居酒屋で、お房は酌婦として働き始めた。小夜ほどの美形ではないとしても、お房もそれなりに男好きのする顔立ちだった。地味な堅気の賃仕事などは、雑な性《しょう》分《ぶん》のお房には合わないのだ。

やがてお房は居酒屋の客である馬喰《ばくろう》の綱八とねんごろになった。綱八は粗暴《そぼう》な気質で、読み書きもろくにできないような男だった。

その綱八にお房は惚《ほ》れ込んで入れ揚げたのである。生真面目で堅苦しい治助に比べ、お房の目に綱八は荒々しくもいい男に映った。相性もよかったのだ。

しかし蜜月は長くはつづかず、綱八はほかに女を作ってそっちに夢中になり、長屋に帰ってこない日が多くなった。

治助を失った後の荒《すさ》んだ心もあったのだろうが、お房には元々ふしだらで自堕落《じだらく》な面が隠れていて、それは治助によって抑えられていたのだ。

お房は綱八を呼び戻そうと、懸命《けんめい》にあれこれ考えをめぐらすうち、時折帰って来る綱八の視線が十五になった小夜の若い肢体《したい》に注《そそ》がれるのに気づいた。それでつなぎとめておくにはこれしかないと思うようになった。どんな犠牲を払おうとも、金輪際綱八と離れたくなかったのだ。

そしてある時、小夜に因果《いんが》を含めて綱八とどこかへ行っておいでとうながした。小夜が嫌がると、お房の平手打ちが飛んできた。お房は必死の目をしていた。やむなく承諾して着替えていると、唐紙の陰でお房が綱八に金を渡しているのが見えた。そこに淫靡《いんび》な臭いを嗅ぎ取り、小夜は逃げ出したくなった。だが家のなかには三つ下のお才がいて、自分だけ逃げるわけにはいかなかった。

綱八は浅草奥山《おくやま》へ小夜を連れ出し、寄席《よせ》へ入った。舞台で怪談噺《ばなし》が始まり、小屋の灯が消されて暗くなった。とたんに綱八の手が伸びてきて、小夜の着物の前を割り、太いごつごつした指が陰部に触れてきた。

小夜が抗《あらが》うと、綱八の指先の動きが烈《はげ》しくなった。綱八は鼻息を荒くし、小夜を連れ出すと寄席の裏手の人けのない所で性急に姦淫《かんいん》を行った。そこで小夜は生娘《きむすめ》ではなくなったのだ。嫌悪感しかなかった。惨《みじ》めでたまらなくなり、これが女としての人生の始まりなのかと思うと、深い悲しみの淵《ふち》に突き落とされた。

綱八は働きにも行かず、長屋にいるようになって所構わず小夜を求めた。お房は見て見ぬふりを決め込み、時に綱八にうながされるとお才を連れて外へ出た。

二人だけになると綱八は小夜を裸に剝き、躰の隅々まで味わい尽くした。綱八には妙な性癖《せいへき》があって、媾《まぐわ》いが絶頂に達すると小夜の首を絞めた。気絶しそうになったことが何度もあった。

そんな暮らしが二年つづいた。

やがて綱八の目は、今度はお才に注がれるようになった。

小夜が十七で、お才は十四になっていた。

綱八の留守を見計らって、小夜はお房に談判をした。初めは綱八と切れてくれと言おうとしたのだが、惚れ込んでいるお房の様子を見て無理なことがわかった。

それでここにはいられない、お才を連れて家を出ると言ったのだ。だがお房はせせら笑って、小娘二人で暮らせるほど世間は甘くないよと言い、相手にしなかった。

悔《くや》しかったが、お房の言う通りだった。

ここにいる限り地獄はつづくのだと思い、小夜は現実をよくよく見つめ、やがて出て行くのは自分たちではなく、綱八の方ではないかと考えるようになった。

それから三日後に綱八は急死した。

七

「綱八はなぜ死んだのだ」

独酌《どくしゃく》で酒を飲みながら、熊坂小吉は差口奉公人の猪之吉に問うた。

とっぷり日の暮れた親仁橋《おやじばし》の袂《たもと》である。二人は屋台の明樽《あきだる》に並んで掛け、安酒を飲んでいた。

「へえ、綱八が死んだな一年めえなんですがね、酒に酔って今戸橋《いまどばし》から足を踏み外して大川に落ちたんでさ」

「今戸なら橋場は近いな」

「家にけえろうとしてたんじゃねえんですかねえ。寄洲《よりす》の杭《くい》に骸《むくろ》がひっかかってプカプカ浮いてるとこを、渡し船の船頭が見つけたことンなってやさ。落ちた時にひどく頭を打ったらしくって、もう血だらけだったとか。それからどういうわけか、片目が何かで潰されていたようなんで」

「片目を？　橋の下にそんなものがあったというのか」

「いえ、へえ、よくわかりやせん」

「不運な男だな」

「あっしゃぁそうは思いやせん。女三人に囲まれて、仕事もろくにせずに遊び暮らしていたんですから、結構な身分じゃございませんか。酌婦で稼いでるお房のお蔭《かげ》なんでさ」

「そんな奴をうらやましいとは思わんな」

「ところが、旦那」

熊坂がギロリと猪之吉を見た。

「綱八をいろいろ調べて、もっとわかったことが」

「申せ」

「綱八は乱暴者だったんで、ずっと昔に寄場《よせば》送りンなってやした。罪科は当然喧嘩《けんか》だと思ってたら、それが違ったんでさ」

寄場とは石川島《いしかわじま》にある人足《にんそく》寄場のことで、軽い犯科人を専門に収容する施設のことだ。

「なんの科《とが》だ」

「五年ぐれえめえに、綱八の近くにいた十三と十五の娘っ子二人が妙な死に方をして、それで調べられた揚句《あげく》に寄場へ。綱八は無実を叫びつづけておりやしたが、結句《けっく》は一年だけお勤めをしておりやさ」

「どんな死に方をしたのだ、娘二人は」

「どっちも首を絞められていたらしいんで」

「下手人を誰も見ていないのだな」

「へえ」

「ではなぜ綱八がしょっ引かれた」

「そのめえにも娘っ子絡《がら》みで死人が出て、どうしてかいつも綱八がそばにいて、不審を持たれていたとか」

「十三と十五か」

「へえ」

「小夜も三年前は十五であったな」

眼光を鋭くして熊坂が言った。

猪之吉はぬかりない目でうなずき、

「妹のお才は十二でやんした」

「何か臭わぬか、猪之吉」

「へえ、ついつい怖《おそ》ろしい想像をしちまいやすよねえ。もしあっしにそういう癖《くせ》がありやしたら、小夜を狙いやすぜ。子供の娘っ子にゃ格別の味があると聞いたことが」

「破瓜《はか》する愉《たの》しみか」

「泣いて痛がるのがいいんでしょうねえ。ちょっと旦那、変な目で見ねえで下せえ、あっしにガキをどうにかするような悪い癖はござんせんよ」

「おい、猪之吉、小夜が綱八に汚《けが》され、怨みを持ったとしたらどうだ」

「ええっ」

「そのことは誰も疑っておらん。あくまで綱八は酔って大川に落ちて死んだ」

「そういうことで落着しちゃおりやすが」

熊坂は深い目になって遠くを睨み、
「小夜の目には希《のぞ》みというものがない。先々に何も期待しておらぬような、おれには
そう見える。一風変わったあの娘は、おれの手の届かない所にいると思ったが、存外
糸を手繰《たぐ》り寄せそうだ」
「手繰り寄せてどうなさるおつもりで」
「人の弱みを握ると、安心してつき合えるような気がするものだ。盗賊火附改同心の
性《さが》かも知れんな」
「へえ、ですが小夜をどうなさるおつもりなんで」
猪之吉がまたおなじことを聞いた。
それには答えず、熊坂は立て続けに酒を呷った。目の底が光っている。

八

このところ、小夜は保土屋左兵衛に張りついていた。
小絵馬売りはそっちのけで、朝になると本所から四谷へ向かい、左兵衛の動きを見
張りつづけた。

左兵衛は御箪笥町で大きな線香《せんこう》問屋を営んでいて、町名主のお役もあって多忙な身である。家人、奉公人も大勢いて、押しも押されもせぬ大旦那として振る舞っている。見た目の人品骨柄《じんぴんこつがら》が立派だから、町の衆も信頼を寄せている。

左兵衛はほとんど家のなかにいて采配《さいはい》を振っているが、来客があると一緒に出掛けて料理屋へ行ったり、町名主同士の寄合《よりあい》があって顔を出したりしている。

小夜はなかには入れないから、左兵衛の家の前に隠れて見張っている。保土屋の前にある一文《いちもん》菓子屋の婆さんと仲良くなって、留守を頼まれるようにもなった。それから保土屋の小僧を手なずけて、左兵衛の動きを掌中《しょうちゅう》に収めてもいる。

だがその日、左兵衛は昼前に一人で出て来るや、足早にどこかへ向かった。小夜が小僧をつかまえて聞いても、今日の行き先は知らないと言う。

勘が働き、小夜は左兵衛を追った。こんな捕物の真似事は初めてだったから、ひりつくように緊張していた。

御家人の小屋敷がひしめくなかを縫《ぬ》い、左兵衛は市ヶ谷田町《いちやたまち》まで来た。御堀に面して一軒の仕舞屋があり、左兵衛は格子戸を開け、勝手知った様子でその家へ入って行った。小夜は表で待ちつづける。左兵衛はなかなか出て来ない。

近所のかみさんを見かけ、あの家にはどういう人が住んでいるのかと聞いてみた。

かみさんはうさん臭い目で小夜を見たが、存外親切に教えてくれた。

「俵屋《たわらや》の旦那が独り住まいだよ」

「何をやってる人なんですか」

「人入れ稼業さね」

「口入れ屋ですか」

「まっ、そうなんだけど、有体《ありてい》に言えば肝入屋《きもいりや》だよ」

「えっ、すみません、そう言われても……」

「お妾さんの口利きだよ、それならわかるだろ。俵屋さん、それでしこたま稼いでいるらしいよ」

「あ、そうなんですか」

かみさんに礼を言うと、小夜は身をひるがえし、牛込榎町までひた走った。

彦左は屋敷にいて、小夜は駆け込むなり左兵衛への疑惑やこれまでの探索の経過を説明した。

その左兵衛が肝入屋の家へ入って行ったところまでを聞き、彦左は「小夜、よくぞやってくれたな」と言い、刀を取って立ち上がった。

すると隣室から「お待ち下され」と声があって、熊坂が現れた。二人の話を聞いていたのだ。

小夜が少し目を慌《あわ》てさせる。

「お頭殿、そのお役、おれに」

彦左は迷いを見せて、

「さて、どうしたものかな。わしが行った方がいいような気もするが……」

小夜に判断を仰ぐように見て、

「小夜、おまえはどっちの力を必要としている」

「そ、そう仰《おお》せられましても。あたしも困ってしまいます」

「小夜、行くぞ、案内致せ」

熊坂が強引に引っ張った。

小夜は困って、彦左に指示を仰いだ。

「わかった、熊坂と力を合わせろ」

九

数刻後、俵屋平次《へいじ》が羽織の紐《ひも》を結びながら家から出て来た。左兵衛はすでに出た後だ。

行きかけた平次が、ギョッとなって立ち尽くした。平次は見るからに軽薄そうな中年男だ。

熊坂が小夜をしたがえ、睨むようにして立っていたのだ。

「だ、旦那はいってえ……なんの御用で」

着流しに佩刀《はいとう》し、長十手を腰にぶち込んだ熊坂の姿を見るや、平次は怖れおののいた。

「いいからなかに入れ」

強引に言い、熊坂は平次の躰を押して家のなかへ入った。すかさず小夜が無言のままその後につづく。

座敷に押し籠められ、平次は小さくなって熊坂の顔色を窺っている。小夜は無表情だ。

「おまえ、肝入屋だと？」

熊坂が口火を切った。

「へ、へえ、その通りでござんすが、口入れ稼業は御法に触れちゃおりやせんぜ」

「そんなことはわかっている。おまえをとっちめるつもりはないから安心しろ」

「へっ、それを聞いて安心致しやした」

安心どころか、平次の顔は真っ青だ。

「最前ここへ町名主の保土屋が来たな」

「あ、いえ、それは……」

平次はしどろもどろだ。

「どうなんだ、はっきりしろ。来たのか来なかったのか」

「お出《い》でンなりやした」

「保土屋はなんの用で来た」

「お店の奉公人を何人か増やしてえと」

熊坂がギロリと平次を睨み、

「嘘をつくな」

「う、嘘だなんて」

「貴様、痛くもない腹を探られたいのか。それとも何か、叩《たた》けば埃《ほこり》が出るかな」

はったりをかませ、熊坂が虚仮《こけ》威《おど》しを言った。

平次は仰天《ぎょうてん》しておののき、

「め、滅相《めっそう》もねえ、あっしの躰はきれいでござんす。心ンなかだって、開いて見せてえ青空でやんす」

怯《おび》えながらも軽口を飛ばす。

「ではその青空に聞くが、保土屋がここへ来た本当の用件はなんだ。正直にそれを言ってみろ」

平次が黙りこくった。

その眼前に長十手が突きつけられた。

「言わずばこの足で牢屋敷へ行き、海老責めか算盤《そろばん》責めを味わってみるか。むごいぞ、拷問は。死んだ方がましだと思うようになる」

「そ、そんな……あっしがどんな大罪を犯したってんですか」

「妾の取り持ちは私娼と変わらん。吉原《よしわら》以外は御法度《ごはっと》なのだ。貴様は立派に御法を犯している」

「うへえっ」

平次はバッタのようにひれ伏して、

「申し上げます。保土屋の旦那に妾を探してくれと頼まれたんでございやす」

「町名主が妾を？　ほう、それは聞き捨てならんな。おい、肝入屋、以前にもそういうことはあったのか」

「ございやした。この十年の間に五人ほど」

「大層な女好きなんだな、保土屋は」

「うちの上得意でござんす」

熊坂が後ろに座した小夜へ言った。

「でかしたぞ」

小夜が落ち着き払った体《てい》で目礼した。

しかしその内心では、小夜は緊張のし通しでおかしくなりそうだった。こういうことに馴《な》れていないせいもあるが、肝心の熊坂とはまだ意思疎通《そつう》が完全に図れておらず、今の平次への訊問《じんもん》などを聞いていると怖ろしくなってくる。それでいて嘘偽りのない彼の気性や直情径行ぶりはよく理解でき、胸の奥では頼もしい男と思い始めていた。

十

それから数日が経った。

その夜、保土屋左兵衛は大店《おおだな》の旦那衆に呼ばれ、麴町の料理屋の宴席にいた。十数人の男たちが芸者たちを侍《はべ》らせ、派手に飲んで騒いでいる。三味《しゃみ》の音《ね》がうるさいほどだ。

隣室の小部屋には、ひっそりと小夜と熊坂がいた。

二人は張込みだから酒も料理もなく、茶だけだ。熊坂が店に話を通し、近づかないように言っておいた。

この数日の間、二人は徹底的に左兵衛をつけ廻し、他者への聞込みを重ねていた。予想外の事実がつかめたのは昨日のことで、それも小夜の手柄だった。

左兵衛には表向きの顔以外に、裏の顔があった。左兵衛の知り合いのなかに異質な人物がいて、小夜の鋭い勘にひっかかったのだ。

昨日の昼過ぎ、左兵衛は家を出て、また武家地を抜けて歩いていた。どうやら市ヶ谷田町の平次の家に向かっているらしい。ここまで来ると知った顔は少ないようだが、それでも左兵衛は周囲に用心の目を配《くば》っている。

平次にいい妾でもみつかったという首尾《しゅび》でも貰ったのか、ちょっとした仕草《しぐさ》に浮ついたようなところが窺える。女の話を早く聞きたいのか。

路傍《みちばた》に鋳掛屋《いかけや》が店を出していて、地べたに座り込んだ若い男が鍋の底を修繕《しゅうぜん》していた。

左兵衛が来ると、男がギロリと見やった。

左兵衛の顔色が一変した。その場に立ち竦《すく》み、左兵衛は怖ろしいような顔で男を見ている。やおら逃げるように身をひるがえした。すかさず男が追って、左兵衛の前に廻り込んだ。男は何やら左兵衛に囁《ささや》いている。左兵衛は一言も返せず、言われっ放しだ。やがて男をなだめすかすようなことを言ったらしく、左兵衛は立ち去った。

小夜は物陰から男を見張りつづけた。

仕事を仕舞いにして道具をまとめた男が足早に消え去るのを待ち、小夜は迷わず後を追った。


その数刻後に、小夜は熊坂と会っていた。

「男は通塩町《とおりしおちょう》に住む三之助《さんのすけ》と言い、鋳掛屋でもなんでもありません。自身番で聞いたら、元盗っ人だということがわかりました」

「ちょっと待て、自身番ではなんと言った」

「えっ？」

「おまえの身分だ」

「熊坂様のお名を使いました」

「うぬぬ、それは一向に構わんが。よし、今度お頭殿におまえの手札を出して貰おう」

手札とは現在の小夜の身分を証明するもので、盗賊火附改と松平彦左衛門永図の名が入っていれば、門外漢《もんがいかん》は小夜に手が出せない。小夜がうなずき、

「その方が動き易《やす》いですね」

「して、三之助と保土屋の関係は」

「そんなことわかりませんよ。でも天下の町名主が、なんだって元盗っ人と顔見知りなんですか」

「わかった。そっちはおれの方で調べる」

小夜と別れ、熊坂は猪之吉と会って三之助のことを聞いてみた。

「ゲッ、あの野郎まだ生きてやしたか」

「何者なのだ、三之助とは」

「足を洗ったと聞いてやしたが、あっしは信じちゃおりやせんでした。奴は根っからの悪党で、その昔は置神の助左衛門《すけざえもん》てえ盗っ人の手下でござんした。一味がみんな捕まって獄門《ごくもん》となっても、奴だけ助かったんでさ」

「なぜ助かった」

「取引ですよ。置神の助左衛門を売って、その代わりに放免《ほうめん》されたんで。小狡《こずる》い野郎なんで大手を振って生きるつもりで、自身番にも身分を打ち明けたんでしょう」

「どこで保土屋とつながる」

「さあ、そいつぁ……」

猪之吉は考え込んでいたが、「あっ」と言って手を打ち、

「思い出しやしたぜ。今年にへえって奴の噂を聞いたんでさ」

「言ってみろ」

「三之助は赤蝮の仲間にへえったんじゃねえかと」

「なんだと」

もしそれが本当なら、左兵衛と赤蝮がつながっていたことになる。これはどういうことなのか。こうなったら当たって砕けろだと、熊坂は小夜を伴って本人に直《じか》に当たることにした。

隣室で障子の開く音がし、左兵衛と芸者の声がした。

「大丈夫、ここは前にも来てるんで一人で行けますよ」

厠《かわや》に行くらしく、左兵衛が廊下を去って行く。

熊坂がうながし、小夜と共に後を追った。

厠の前まで来て、左兵衛は後ろから熊坂に肩を叩かれた。

「あっ、これは……以前にどこかで」

左兵衛はうろたえている。

「盗賊火附改の熊坂だ」

「は、はい、どんな御用で」

「ちょっと来てくれ、どうしても聞きたいことがある」

犯科人でも扱うように、熊坂が左兵衛の腕を取った。

そうして左兵衛は、そのまま無人の布団部屋に押し籠められた。

小夜と熊坂が左右からぐいっと迫《せま》る。

「おい、貴様はなぜ赤蝮とつるんでいた」

左兵衛の顔から血の気が引き、何も言わなくなった。全身の震えを必死で隠している。

「言ってみろ、どういうことだ」

「い、幾らでおまえ様の口を塞《ふさ》ぐことが叶《かな》いますか」

開き直って左兵衛が言った。背水の陣のつもりのようだ。

ふてぶてしいその顔面に、ガツッと熊坂の鉄拳《てっけん》がぶち込まれた。

十一

日暮れが近づき、通塩町の長屋で三之助は手早く身支度《みじたく》をしていた。

黒装束《くろしょうぞく》を尻《しり》っ端折《ぱしょ》りにし、長脇差《ながどす》を腰に落とす。首尾を祈って徳利《とっくり》の酒をぐいぐいと流し込む。過去に何度も繰り返していることだが、押込みの前のこの緊迫《きんぱく》こそが盗っ人の醍醐味《だいごみ》だ。土間に下りてギクッとなった。

油障子に無数の男の影が並び立ったのだ。

色を変え、三之助は身をひるがえした。内庭から飛び出そうとし、そこで愕然《がくぜん》とし動けなくなった。

熊坂が鬼の形相《ぎょうそう》で立っていたのだ。

「今宵《こよい》の押し込み先はどこだ」

烈しく目を泳がせ、三之助は熊坂に体当たりして逃げんとした。とたんにこの世のものとは思えぬような絶叫を上げた。

熊坂が抜く手も見せずに抜刀《ばっとう》し、三之助の片腕を逆袈裟《ぎゃくけさ》斬りにしたのだ。血しぶきと共に腕が天井に飛んで落下した。

同時に盗賊火附改の同心、捕吏《ほり》らが大挙《たいきょ》して雪崩《なだれ》込んできた。

「白状しろ、どこだ」

血まみれになって三之助が言う。

「薬研堀《やげんぼり》の砂糖問屋室田屋《むろたや》」

「何刻《なんどき》に集まる」

「四つ（午後十時）に店の前だ」

まだ二刻（四時間）あった。

砂糖問屋室田屋の前に、首魁《しゅかい》の赤蝮と四、五人の手下が集結した。全員が黒装束だ。

赤蝮は三十代で、蛇のような目をした男である。

「やい、三之助はどうした」

手下らも見廻すが、三之助の姿はない。

「あのくそ野郎、面ぁ見たら只じゃおかねえからな」

三之助抜きで押込むことにし、赤蝮の差配で店の裏手に廻った。勝手戸の錠を開け、一気に押入る。寝静まる刻限ではないのに、家のなかは森閑《しんかん》としていた。あちこちの部屋に踏み入るも、どこにも人の姿はない。

危険を察知し、赤蝮が退いた。

「ヤベえぞ、こいつぁ、只ごっちゃねえ」

隣室でコトッと物音がした。

赤蝮が鋭い目をやり、唐紙を引き開けた。

小夜が瞑目《めいもく》して横たわっていた。

「やい、てめえ、何してやがる」

小夜は何も答えず、着物の前を割って白い太腿《ふともも》を晒《さら》すや、

「お願い、焼け火箸を下さいな」

淫《みだ》らな声で言った。

「な、なんだと。てめえ、何もんだ」

「早くして」

「正気かよ」

「正気をなくしてるのはあんたの方でしょ、さあ、いつも通りに」

赤蝮は言葉を失う。手下たちも動揺してざわついている。

やがて腹を決めたのか、赤蝮が小夜に身を屈《かが》めて、

「焼け火箸は事を終えてからって決まってんだ。死げえにぶっ刺すからいいんだぜ」

「そんなこと言わないで、生きたまましておくれ」

「くわっ、負けるぜ」

言われるまま、赤蝮は火鉢から焼け火箸を一本抜き取り、小夜の股間に近づけた。

「いいのかよ」

小夜は目を閉じる。

赤蝮の顔が残忍に歪み、小夜に迫った。

すると小夜がカッと目を開け、隠し持ったかんざしを逆手に持ち、赤蝮の片目を刺し貫いた。一瞬の出来事だ。

「があっ」

目から血を噴《ふ》き、赤蝮が転げ廻る。

突如、荒々しい物音がし、熊坂と同心、捕吏の一団が踏み込んで来た。たちまち手下たちと乱闘になり、修羅場《しゅらば》と化す。手下たちは斬り裂かれ、長十手で烈しく殴打された。

熊坂が小夜に屈み、言った。

「よくやった、小夜」

小夜と熊坂の視線が重なった。

小夜は着物の前を直し、半身を起こして、

「これまでの娘さんたちの無念を思えば、なんのこれしきですよ、熊坂様」

「し、しかし……」

「しかし、なんです？」

「おまえ、役者だな」

「これが花舞台だとしたら哀しいですねえ。所詮《しょせん》は三流の役者かも知れません」

「いいや、おまえは一流だ。もはやわれらにはなくてはならぬ娘なのかも知れん。よくやった」

またおなじことを言っておき、捕吏らに向かって、

「もう災いは去った、店の者たちを呼んでやれ」

店の者たちには逸早《いちはや》く押込みを伝え、町内の別宅に避難させていたのだ。

小夜はまだ七転八倒している赤蝮を無表情に見下ろして、

「これからね、地獄の苦しみは」

「おれぁ悪くねえ、保土屋から頼まれてやったことだ。奴とは賭場《とば》で仲良くなった。

妾に飽きて手を切りてえが、大金を出せと言われた。そりゃ腹も立つぜ。こちとら同情したんだ」

バシッ。

凄《すさ》まじい小夜の平手打ちが飛んだ。

第二話　島破り

一

深川越中島《ふかがわえっちゅうじま》は元は海中にあった小島だったので、風浪のせいで土地がよく崩れ、上地《あげち》となってからも長いこと人が住まずに石置場となっていた。それでも他の場所は岡場所や飲食の店で賑《にぎ》わい、新開地として栄えてきた。

幾星霜《いくせいそう》を経《へ》て、お上《かみ》が土地活用を考えて島の一部を塵芥《じんかい》処理場にした。越中島が塵芥の捨て場として許可されたことから、広大なその場所に江戸中の塵《ごみ》が集まるようになった。といって無法地帯にはしたくないので、芥《あくた》改め所という役所を設《もう》け、小役人を何人か置くようになった。

岩松《いわまつ》はそこに抱《かか》えられた小者《こもの》だが、これは律儀《りちぎ》で正直者の若者で、塵芥のなかに高価なものがあっても決して猫ばばなどはせず、お上へ届け出た。

その日も岩松は鳶口《とびぐち》を手に、足場が悪く、腐臭《ふしゅう》漂《ただよ》う塵芥の山のなかを歩き廻っていた。犬猫の死骸《しがい》ならまだしも、切断された人間の躰《からだ》などがあったら一大事だから、毎日こうして目を光らせている。

岩松があるものを見て、目を険《けわ》しくした。

それは黒漆《くろうるし》の立派な文箱《ふばこ》で、あちこち損傷《そんしょう》はしていたものの、古いものではなかった。

岩松はすぐにピンときた。昨夜は大風が吹いて海が荒れ、船が何艘《なんそう》か沈んだと聞いていた。どれかの船が難破して積荷が海へ散らばり、越中島へ辿《たど》り着いたのではないのか。

文箱の紐《ひも》を解《ほど》いて蓋《ふた》を開《あ》けると、海水に浸《つか》ってはいたが油紙に包まれた一通の書状があった。文《ふみ》を開くも、岩松は文盲だから何が書いてあるかわからず、しかし曰《いわ》くのありそうなものだけに届け出ることにした。

岩松から文箱を受け取ったのは、南町奉行所の町会所掛《まちかいしょかかり》で恩田《おんだ》という同心であった。二人は旧《ふる》くからの知り合いなのだ。

恩田は文を読むなり驚き、色を変えた。とんでもないことが書かれてあったのだ。

文の内容から、恩田は赦帳撰要方人別調掛《しゃちょうせんようかたにんべつしらべかかり》同心、小山田兵馬《おやまだひょうま》の元へ持ち込んだ。赦帳撰要方人別調掛は、既決犯科人の赦帳（名簿）を作成し、撰要集を編《あ》み、また人別帳を管理し、犯科人の赦令（特赦や大赦命令）を司《つかさど》るお役だ。

小山田は二十半ばの気鋭《きえい》の士だが、お役そのものは眠くなるような事務職なのである。

恩田同様に小山田も仰天《ぎょうてん》し、所内を駆けめぐってある人物を探し廻り、同心溜《だまり》でようやく見つけた。それは定廻《じょうまわ》り同心脇田小文吾《わきたこぶんご》であった。脇田は三十前の辣腕《らつわん》で鳴らす男だ。

「なんだと、なぜだ、こんなことがあってたまるものか」

文書を読んだ脇田の第一声であった。

文面には『浅草無宿《あさくさむしゅく》丹右衛門《たんえもん》島抜け』の文字が躍《おど》っていた。三宅島《みやけじま》に流されていた丹右衛門なる犯科人が、島破りを図ったというもので、島役人からの知らせであった。

それによると島破りは半月以上前とのことだから、海さえ穏《おだ》やかなら丹右衛門が江戸に着到《ちゃくとう》していてもおかしくはない。

脇田は困惑の表情になっている。丹右衛門を捕え、島送りにしたのは脇田であった。

小山田もその辺の事情を知っているから、

「脇田さん、丹右衛門は江戸に来ますかね」

脇田は押し黙り、考え込んでいる。

「もし来たら、奴はかならず脇田さんの命を狙いますよ。きっと怨《うら》んでるでしょうから」

「悪党を捕えるのがおれの役儀なのだ。勝手に怨まれても迷惑千万、命を狙って来るのなら受けて立つぞ」

見せかけの強さとは裏腹に、脇田は烈《はげ》しく動揺している。

「こっちはそう思っていても、奴の腹積もりはわからんではありませんか。用心に用心を重《かさ》ねた方がいいですよ」

「わかった、よく知らせてくれた」

小山田が去り、脇田はまた考えに耽《ふけ》った。

無宿丹右衛門は、浅草界隈《かいわい》に巣くう破落戸《ごろつき》であった。三十過ぎの巨漢で、無法者として鳴らし、町の衆に言いがかりをつけて脅《おど》しや押借《おしが》り、難癖《なんくせ》を吹っかけては金を巻き上げるような輩《やから》であった。手が付けられず、へなちょこの役人などは丹右衛門を見ると尻尾《しっぽ》を巻いた。

それに敢然《かんぜん》と立ち向かったのが脇田で、彼が長屋にいるところへ踏み込み、格闘《かくとう》となった。

長屋には丹右衛門の母親がいて、争いを止めようと間に入り、突如《とつじょ》心の臓の発作に見舞われた。持病持ちだったのだ。野次馬があっとなった時には遅く、衆人環視《しゅうじんかんし》のなかで母親は息を引き取った。

そこへ捕方の一団が駆けつけて、母親の遺骸《いがい》に縋《すが》って号泣する丹右衛門を召し捕った。

やがて丹右衛門は裁かれ、これまでの悪行《あくぎょう》の数々から、三宅島へ遠島《えんとう》の沙汰《さた》が下った。

誰しもが安堵《あんど》し、脇田の手柄を褒《ほ》め称《たた》えたが、彼は心底喜べなかった。丹右衛門が逆恨みをして、脇田に仕返しをしてやるとほざいていたと聞こえてきたからだ。

それを伝えたのは、丹右衛門の舎弟で五百吉《いおきち》という若造だった。五百吉はその後捕まりかけたがうまいこと逃げて、行方《ゆくえ》知れずとなった。江戸を売ったという噂もあった。

理不尽《りふじん》な思いで丹右衛門の復讐を耳にしたが、こっちに疚《やま》しいことは何もないのだと、脇田はあえて聞き流す決心をした。

それから二年が経《た》ったのだが、丹右衛門が島抜けをしたことが脇田には予想外で、正直肝《きも》が冷えた。

二

数日前より、小夜《さよ》は本所《ほんじょ》から四谷坂町《よつやさかまち》の愛染《あいぜん》長屋という所に転宅していた。

転宅といっても独り所帯だから、さして家財道具があるわけではなく、人足《にんそく》を頼んで大八車《だいはちぐるま》一台に箪笥《たんす》や布団などの所帯道具を積み込み、数少ない衣類は風呂敷に詰め、小夜はそれらを首に巻いて大八車にしたがった。

すべては松平彦左衛門永図《まつだいらひこざえもんながのり》の指図《さしず》で、盗賊火附　改《とうぞくひつけあらため》の役所がある牛込榎　町《うしごめえのきちょう》に近いことをまず第一として、さらに店賃《たなちん》を含め、小夜の生活費の一切合切《いっさいがっさい》を彦左が持つことになった。

そのほかにも、盗賊火附改で働く手当てとして月に二両が支給されることも決まった。

彦左によほど気に入られたらしく、丸抱えなのである。しかしいくらそうだとしても盗賊火附改の密偵として生きるのには抵抗があり、小夜は小絵馬《こえま》売りはつづけたいと申し入れた。彦左も小商いは隠《かく》れ蓑《みの》になるからよいと言い、承諾した。

最後に彦左は小夜に、裏渡世《うらとせい》を往来し易《やす》いようにと、彦左の花押《かおう》入りの手形を持たせてくれた。それは好都合なので、小夜は有難く拝借《はいしゃく》することにした。

小絵馬売りに固執《こしつ》するのは小夜の生きる姿勢なのかも知れないが、彦左には小癪《こしゃく》な奴と映《うつ》り、

（この頑固娘《がんこむすめ》が）

そう思って内心で苦笑《くしょう》した。

四谷坂町は北隣りが市ヶ谷《いちや》で、町全体は坂の町である。坂の上を上坂町、坂下を下坂町と呼び、ひと通りの商家や飲食の店が櫛比《しっぴ》していて、賑やかで暮らしに不自由はない。愛染長屋は下坂町にあった。

付近にはお先手組《さきてぐみ》の大縄地《おおなわち》（集合住宅）もあり、熊坂小吉《くまさかこきち》はそこの組屋敷に住んでいるのだ。

新居で二日目を迎え、小夜は一汁一菜《いちじゅういっさい》の朝飯をひっそりと食べていた。

女独りで住むには恰好《かっこう》で、三帖二間に土間と竈《かまど》がついている。

するとそこへ案内も乞わず、熊坂小吉がズカズカと入って来た。ギロリと小夜のことを見るなり、ものも言わずに勝手に上がり込んだ。

叱《しか》られるのかと思い、小夜が身構える。

それでも熊坂は何も言わず、水屋から茶碗を取り出し、お櫃《ひつ》の飯を手ずから盛り、小夜が食べかけの沢庵《たくあん》を口に放り込んで飯を食い始めた。

小夜は呆気《あっけ》に取られて言葉も出ず、その傍若無人《ぼうじゃくぶじん》さに唖然《あぜん》となって、熊坂を見ている。

「おい、出番だぞ、清掃人」

「はい？」

「人が殺された」

息を呑《の》み、焦《あせ》って、熊坂の調子に合わせねばと努めながら、

「誰が殺されたんです」

「役人だ」

「えっ」

「南町の定廻りだそうな」

「お名前は」

「知らん。定廻りとしか聞いておらん」

「そうですか」

「団五郎《だんごろう》が待っている。いつも通りに奴の家へ行け」

「わかりました、そうします」

団五郎というのは、清掃人の元締《もとじめ》をやっている経師屋《きょうじや》の親方のことだ。清掃人はお上に抱えられたものではないから、町方、盗賊火附改のどちらからか清掃の仕事を請《う》け負《お》うのだ。

「まったく、こんな朝っぱらから呼び出しおって、人をなんだと思っているか」

熊坂は独り言めかして愚痴《ぐち》る。まだ食べつづけていて、沢庵がなくなったので塩をぶっかけている。

隣室で着替えていた小夜が何やら思いついて、熊坂の前へつっと戻ってきちんと座り直し、

「一度聞こうと思ってましたけど」

「なんだ」

「熊坂様にご家族は？」

「そんなものはおらん。おれは独り者だ。妻帯したことは一度もない」

「ええっ、こんな歳まで？」

妻子がいるものとばかり思っていたので、小夜としては意外な驚きだ。

「おれの勝手だろう」

「ではご飯を支度《したく》してくれる人はいないんですか」

「当然だ」

「じゃお一人でやらないと」

「無理だ。おれはそういうことが大の苦手ときている。飯は頼めば隣家の奥方が作ってくれるが、そうは頼めん。だから一膳飯屋《いちぜんめしや》か、出た先でなんでもいいから腹に入れることにしている。事件が始まると食うことを忘れ、しょっちゅう空腹を抱える身だ。下手人を追いかけだすと、張込みやら追捕《ついぶ》やらで握り飯ばかりになる。味気ないことこの上ないわ」

　苦虫を噛《か》みつぶした顔で言い、また小夜をギロリと見て、

「それがどうした」

　小夜は目を慌《あわ》てさせ、

「あ、いえ、聞いただけです」

「おまえも独り者だが、さすがに女だな。こうしてきちんと飯を炊《た》いている。おれにはできんぞ」

　小夜は先に出て、熊坂を待つ。

「それじゃあたしは団五郎親方の所へ参ります。早く済ませて下さいな。洗い物は結構ですから」

なかなか出て来ないので、家のなかを覗《のぞ》くと、熊坂はまだ飯を食らっている。せっかちな割に食うのは遅いようだ。

小夜はつい失笑する。なんて大食いなのかしらと思った。

「今度から多めに炊いときますね」

「すまん」

「いいえ」

彦左がくれるお手当てで、米、味噌《みそ》、醬油《しょうゆ》などを沢山《たくさん》買っておかねばと思う。なんだか楽しい気分になってきた。

その時、小夜は内心でひそかに狼狽《ろうばい》していた。これまで男に親切にしたことなど一度もなかったからだ。

熊坂に特別な感情を抱《いだ》いているわけなどなく、距離を置いていたはずなのに、これはどうしたことなのか。自分の変わりように驚いていた。

三

殺された南町の役人というのは、定廻り同心の脇田小文吾であった。町方と共に手を組んでやれというのは、老中の意向で、本件は盗賊火附改が補佐することになった。町方と共に手を組んでやれということだ。

町奉行所としては、身内の役人が殺されたのだから、意地でも探索を他所《よそ》に任せるわけにはゆかない。況《いわ》んや、日頃から何かと対立関係にある盗賊火附改ではなおさらだ。

しかしこんな兇悪事件は、町方だけでは解決が困難だと、老中は見通したようだ。それでなくとも町方は御用繁多《はんた》で、強力犯《ごうりきはん》専任の盗賊火附改と違って、犯科のみならず町政全般をも担わされているのだから、推して知るべしだ。

町奉行所は老中支配、盗賊火附改は若年寄の扱いである。

そこで南町奉行根岸肥前守《ねぎしひぜんのかみ》鎮衛《やすもり》と松平彦左衛門永図は、老中の意向を踏まえた上で、膝詰《ひざづ》めの協議を持った。場所は南町奉行所の奥向きだ。

根岸は七十七歳の高齢だが、矍鑠《かくしゃく》としていながら武張《ぶば》ることなく、寛容《かんよう》な人柄で知られている。しかも根岸は一武士に留《とど》まらず、文人としての顔も併《あわ》せ持っていた。彼の最大の功績は『耳袋《みみぶくろ》』という名随筆を著し、広く庶民に愛読されていることである。それは後世までも読み継がれた。歴代町奉行で、根岸以外の文人は出していない。

根岸から見れば彦左など若造かも知れないが、彦左にすれば大先達であり、さすがに頭は上がらない。敬服もしていた。

「こたびの件、どのように受け止めておられますかな」

彦左が遠慮がちに切り出した。

根岸は答えず、黙って茶を飲んでいる。

「それがしの耳に聞こえておりますのは、殺害されし脇田小文吾は定廻りのなかでも抜きん出ており、剣は田宮流居合《たみやりゅういあい》の使い手で捕縛《ほばく》の数も優《すぐ》れており、脇田の右に出る者はおらなかったそうな。最初の妻女はゆえあって離縁し、再縁して双子を授かったばかりと漏《も》れ承《うけたまわ》りました」

「さすがじゃな」

笑《え》みを浮かべ、根岸が言った。

「はっ？」

「わずか半日でよくぞそれだけのことを。役人個々の事情は門外不出としているはず、さすが天下の盗賊火附改ではないか」

褒《ほ》め殺しのようにも感じられ、彦左はちくっと棘《とげ》の刺さった思いがする。

「はっ、恐縮《おお》にござりまする」

「松平殿の仰せの通り、このわしも一目も二目も置き、脇田の将来を楽しみにしておったのじゃよ」

「下手人にお心当たりは」

「際限《さいげん》なくあって予想もつかぬわ。捕えた犯科人の家族、身内、恩を受けし者たち、さらに諸々《もろもろ》ゆかりのある連中など、それらの誰かが脇田に怨みを持っていたとすれば、海に落ちた針を探すようなもの。これはとてつもないのう」

「匙《さじ》を投げられるのでござるか」

「そうは申しておらん。この下手人、是《ぜ》が非《ひ》でも捕えてやるわ。しかし松平殿」

「はっ」

「もしそちらが一手早く捕えたる時は、手柄はこっちに譲って欲しい」

虚を衝《つ》かれ、彦左は少なからず狼狽する。根岸は手柄争いなどするような人物ではないはずだ。

「それは、そちらの面目《めんぼく》にございまするか」

「世間体《せけんてい》のことを申しているのではない」

「では？」

「脇田の今の妻女に、嘘でもいいからこのわしが仇《かたき》を討ったのだと言いたい。墓前にそう報告したい。それができずば、職を辞してもよいと思うている。脇田には特に目を掛けていたがゆえ、申し訳を立てたいのじゃよ。したがこれはあくまでわし一人の腹積もりであって、老中その他には真相をねじ曲げる必要はない。盗賊火附改の手柄とはっきり言ってくれて構わんぞ」

彦左が慌てる。

「あ、いや、お待ち下され」

「わしの申すことに得心がゆかぬと？」

「とんでもございません。まだどちらの手柄とも決まっておりませんぞ。南の同心方も俊英《しゅんえい》揃いと聞いておりますれば」

「所詮敵《しょせんかな》わぬであろう、盗賊火附改には。わしは期待しておるのじゃ」

「したがこたびわれらは補佐役にござれば」

「そんなことを申すでない、頼む、やってくれ」

堅苦しい口調ながら、根岸の目には絶えず笑みがあり、そこには大人の風格があった。根岸の言葉に棘を感じたのは、どうやら間違いだったようだ。

大人にやさしく頭を撫《な》でられたような気分になり、彦左はやる気が突き上げてきた。

四

脇田殺しの舞台になったのは、通旅籠町《とおりはたごちょう》にある丸屋という宿屋付料理屋で、その離れ座敷にいた三人が何者かに斬殺《ざんさつ》された。昨夜のことである。

一人は脇田、後の二人は辰巳《たつみ》芸者の文蝶《ぶんちょう》と宇太八《うたはち》である。

宇太八は前非持ちで、かつて散々脇田に世話をかけたが、こたび足を洗って町飛脚《まちびきゃく》になる決意をした。それで長年宇太八を支えてきた文蝶と、晴れて祝言を挙《あ》げることになったのだ。

その祝いと報告をかねて、三人は丸屋で宴席を設けることになった。

宵《よい》の口から三人は盃《さかずき》を重ね、料理に舌鼓《したつづみ》を打ち、たがいのこれまでの苦労や思い出話を語り合い、時の経つのも忘れた。

このようにして、脇田は前非持ちの人間たちと膝を交えてつき合い、その後の面倒もみていたのだ。

丸屋は泊まりも請負《うけお》うから、三人は夜道を帰る必要はなく、羽を伸ばした。同心が外泊するなどあってはならぬことだが、脇田は筆頭与力に事情を説明し、許しを得ていた。むろん妻の承諾も取っている。

酒宴は深夜にまで及び、店の者たちは明日があるから寝てしまった。小僧の市松《いちまつ》が三人の世話役を主《あるじ》から仰せつかり、離れに近い台所に控えた。

といっても、深更《しんこう》になるにつれて三人の註文《ちゅうもん》も途切れがちになり、市松は半刻《はんとき》ほどうとうととしてしまった。

やがて大きな物音が聞こえてきてハッと目覚《めざ》めた。大皿の割れるような音がしたのだ。

「これだから酔っぱらいは嫌なんだ」

市松はぶちぶち愚痴りながら、勝手戸から外へ出て離れへ向かった。

その時、黒い影が闇の彼方《かなた》を横切ったように思えた。だが誰を見たわけでもなかった。

離れの裏戸を開けてなかへ入ったとたん、市松は異様な気配を感じ取り、硬直した。

血腥《ちなまぐさ》い。

恐る恐る座敷の障子を開けて室内を覗き、市松の喉《のど》の奥から恐怖の叫び声が上がった。

そこまでの事件状況を話し、清掃人元締の団五郎が重々しい溜息《ためいき》をついた。

小夜もつられて溜息が漏れそうになる。

そこは丸屋の裏庭で、すでに経師屋や畳屋が離れに入って清掃の作業を始めていた。唐紙や障子が張り替えられ、畳が上げられて職人たちが黙々と働いている。

小夜も着物の上に上っ張りを着て備え、血飛沫《ちしぶき》の洗い流しを行っていた。そこへ事件の概要を役人から聞いてきた団五郎が、小夜に話しかけてきたのだ。

団五郎はでっぷり肥えて、布袋様《ほていさま》を思わせる初老だ。

「小僧が逃げて行く人影の面《つら》を拝んでいたらよかったのによう、男か女かもわからねえそうな」

小夜は無言で聞いている。

「いくら定廻りの役人で人の怨みを買ったとはいえ、この殺しはむご過ぎらあ」

骸《むくろ》はすでに片づけられ、ここにはない。

「殺され方、どんな様子だったんです」

小夜が痛々しい表情になって問うた。

「三人とも首を斬り落とされてるんだ」

「まっ、そんな……」

「脇田様という定廻りは居合の達人だったらしい。その御方が一度も刀を抜かねえで斬首されてたんだから、下手人はそれを上廻る達人てことになる。まったく怖《おそ》ろしいぜ」

「狙いはどっちだったんでしょう」

「下手人のか」

「へえ」

「宇太八ってえ男の方は元は火消しだったそうな。喧嘩《けんか》沙汰が多くてろ組を馘《くび》ンなって、博奕《ばくち》で食っていた。文蝶は幼馴染《おさなじ》みで、ずっと宇太八を支えていたのよ。それがめでたく夫婦《めおと》ンなれて、脇田様も喜んでいたとか。人の怨みを買っていたとするなら、こいつぁやっぱ脇田様の方だろうぜ。探索は難儀だと思わあ」

「そうですか」

殺戮《さつりく》の現場に戻り、小夜は壁に飛び散った血を雑巾で洗い落とす作業を始めた。するとすぐ後ろに人が立ったような気がした。生臭い風が吹いた感じもする。驚いて振り返ると誰もおらず、職人たちが黙々と作業をしているだけだ。

（誰だったの、今の……）

脇田なのか、それとも文蝶か、宇太八か。いずれにしても現世の人の気配ではないような気がした。

それが小夜に対して何かを訴えている。死にたくなかったと叫んでいる。

小夜は覚醒《かくせい》した。

（この下手人、突き止めてやる）

五

血相変えて逃げる男が、露店にぶつかって売り物の瀬戸物《せともの》を派手に割り、さらに数人の通行人を乱暴に突きのけ、逃げまくる。

追っているのは熊坂小吉、猪之吉、五人の差口奉公人《さしぐちほうこうにん》、それと南町奉行所定廻り同心人見三九郎《ひとみさんくろう》、岡っ引き、下っ引きら十人と、総勢二十人近くだ。

男は丹右衛門とおなじ穴の狢《むじな》の五百吉《いおきち》という若造で、月代《さかやき》を伸ばし、左頰には刀疵《かたなきず》があり、両腕からは彫物《ほりもの》が覗いている。江戸を売ったと思われていたが、ひょっこり戻っていたのだ。それが運の尽きだった。

そこは東両国《ひがしりょうごく》で、回向院《えこういん》が近い本所一つ目である。

「くそっ、あのろくでなしが」

切歯《せっし》した熊坂が跳躍《ちょうやく》し、ようやく五百吉に追いついて背後から襟首《えりくび》をひっつかみ、そのまま引き倒した。

「あっ、野郎、何しやがる」

往生際《おうじょうぎわ》が悪く、五百吉が暴れる。その顔面に二、三発鉄拳《てっけん》を見舞い、熊坂が馬乗りになって縄を打った。

追っていた全員がその周りに集まる。

「いやいや、盗賊改殿、よくやってくれました。礼を言いますぞ」

人見がそう言いながら、熊坂の手から縄尻を取ろうとした。

ムッとした熊坂が、人見を押しのける。

「捕えたのは当方だ。横車は無用に致せ」

「しかしこれは町方の詮議ですぞ。横車はそちらでござろう」

熊坂と人見が睨《にら》み合った。

人見は熊坂より二つ三つ年が下だ。見た目はやさ男だが、意地っ張りな気性が窺《うかが》える。

「聞いておらんのか。この一件は双方で手を組むことになっている。無駄な手柄争いはやめに致せ」

「ではすんなりこちらへ」

人見も譲らない。

熊坂は五百吉の縄尻を猪之吉に預け、立ち上がって人見と対峙《たいじ》した。

「渡すわけにはゆかんな。どうしてもと言うならおれと一戦交えるか。構わんぞ、こっちは」

「なんと申されるか」

怒りが突き上げ、人見がいきりたった。引くに引けないが、痩《や》せて小柄な人見に比べて熊坂はむくつけき躰つきをしている。

岡っ引きらが人見を囲んでヒソヒソと耳打ちし、説得する。「相手が悪い」と言う声が漏れてくる。

それでも人見は虚勢を張り、

「今日のところは引き下がりましょう。したがこの男をとっちめた結果は、ご報告願いたい。われらは手を組んでいるのですからな」

「よかろう、報告は上げる」

人見が岡っ引きらをうながし、引き上げて行った。

「ヘン、おととい来やがれってんだ」

猪之吉が一行の背中に小さく毒づく。

「猪之吉、自身番を空《あ》けさせろ。この男を完膚《かんぷ》なきまでに吊るし上げてやる」

本所一つ目の自身番、板敷の間で五百吉は鉄輪につながれていた。

熊坂が鬼のような顔をぐいっと近づけ、

「おい、本当のことを言え。おまえは丹右衛門を匿《かくま》っているのか。どこに隠れている」

「ええっ」

五百吉は驚愕《きょうがく》の目を剝《む》き、

「丹右衛門の兄貴は島暮らしだ。戻って来ちゃいねえ。おれを問い詰めるなんざ見当《けんとう》違いもいいとこだぜ」

丹右衛門の島破りは初耳のようだ。

「奴は母親の仇討《あだうち》のために島破りをした。それで江戸に入って狙いをつけ、昨夜脇田殿を殺害したのだ」

「いい加減なことを言うな。そりゃ兄貴が脇田の旦那を怨んでるってなおれも聞いてるけど、本気で人殺しなんかするわけねえや」

ガツッ。

五百吉の顔面に鉄拳が炸裂《さくれつ》した。

「おまえ、いつ江戸に戻った」

「半年めえよ、江戸が恋しくなったんだ。それで深川に隠れ住んでいた」

「ではなぜ逃げたか」

「そ、そいつぁ……ゆんべ賭場《とば》でちょっとしたいざこざがあって、そのことで捕まえに来たのかと思ったんだ」

「人を疵つけたのか」

「てえしたこっちゃねえ、それならいいんだよ、忘れてくれ」

「おい」

熊坂は五百吉の胸ぐらを取り、

「丹右衛門以外の下手人は考えられん。おまえ、しらを切り通せると思ってるのか。今から拷問蔵《ごうもんぐら》へ行くか」

拷問蔵は小伝馬町《こでんまちょう》牢屋敷にあり、犯科人なら誰もが震え上がる所だ。

「い、いや、滅相もねえ。遠慮しとくぜ」

「ならば有体《ありてい》に白状しろ」

「実は、そのう……」

五百吉が言い淀む。

「何かあるのか」

「三月《みつき》ほどめえだったかなあ、妙な噂を耳にしたんだ」

「どんな噂だ」

「丹右衛門の兄貴が島でおっ死《ち》んだと」

「なんだと」

「病気だったらしい。ご赦免《しゃめん》になって島からけえって来た奴がいて、そいつの口から聞いたんだ」

熊坂が声を荒らげて、

「そんなことがあってたまるか。丹右衛門は島破りをして、江戸に帰って来ているのだ」

断定した。

「そうなるってえと、どっちが本当なのかわからなくなってきたぜ」

「では今すぐにでもその島帰りに会わせろ」

六

丹右衛門の舎弟五百吉が捕まり、熊坂の調べを受けていることは耳にしたが、小夜はその件に少なからず疑念を持っていた。

母親の死で丹右衛門が脇田を怨んでいたことはわかるが、二年も経って、島破りをしてまでの執念を持ちつづけるだろうか。島破りは命懸けだ。

過去にもそういう事例はあるが、ほとんどが陸に辿り着けず、海の藻屑《もくず》と消えたと聞いたことがある。

それに小夜の疑念を決定づけたのは、脇田が剣の達人だということだ。丹右衛門がどんな喧嘩馴れした暴れ者でも、脇田を打ち負かすほどの腕があるとは思えない。不意打ちかも知れないが、脇田は刀も抜かずに仆《たお》されている。その後、首まで斬り落とされているのだ。町の無法者だった男にそんな芸当ができるものか。

探索の手は丹右衛門を下手人として動いているようだが、もしそれが違っていたらどうなるのか。別に下手人がいることになる。

そもそもの発端の越中島へ行き、三宅島からの文箱を拾ったという芥改めの小者に当たってみたが、小夜の求める答えは得られなかった。塵芥の山のなかから文箱を拾ったという、ただそれだけのことなのだ。

次いで南町奉行所へ赴《おもむ》き、書状を受け取った赦帳撰要方人別調掛の小山田兵馬という小役人に目通りを願い、一件について聞いてみることにした。

勇気を要したが、なんとなく自分の後ろには盗賊火附改がついているような強い気持ちになっていた。

役所の表門を入ってすぐの左手に腰掛けが並んでいて、それぞれの役人に面会を申し込んだ商人や町人が待たされていた。男女の別なくいて、彼らは請願《せいがん》や嘆願《たんがん》を抱えている連中なのだ。

小夜は末席に腰掛けて小山田を待った。

ほどなくして、小山田が現れた。

「小山田だが、わたしに用は誰かな」

小山田が男女を見廻しながら言った。

小夜が立ってその前へ行き、一礼して、

「こういう者です」

盗賊火附改の手札を見せた。

それを見た小山田の顔に、一瞬緊張が走るのがわかった。

「盗賊火附改……おまえがか？」

信じられない面持ちになって、小娘の顔に見入った。それは無理もないことなので、
小夜は曖昧《あいまい》な笑みを浮かべて首肯《しゅこう》しておき、

「こたびの島抜けの件を調べております」

「そ、そうか、しかしわたしの方は何も知らんぞ。三宅島からの書状を芥改めから受け取っただけなのだ」

「わかっております」

場所を替え、腰掛けの隣りにある牢屋同心の詰所で二人は向き合った。そこも腰掛けなのだ。

「その書状にはなんと書いてありましたか」

小夜が問うた。

「浅草無宿丹右衛門が島抜けをしたと。差出人は島役人だったと思うが。大雨で船がどうにかなって積荷が海に散乱した。文箱が越中島に流れ着いたのは、何やら宿縁《しゅくえん》のようなものを感じるな」

「そういうことはよくあるんでしょうか」

「いいや、初めてだ。絶海の孤島から逃げ出す奴などいるものかと思っていた。わたしも驚いたよ」

「それをすぐさま脇田様に？」

「うん、脇田殿と丹右衛門の間に起こったことをわたしは承知していたからな、用心して貰《もら》おうと思った。その後のことはわたしの与《あずか》り知らんことだ」

「脇田様は島抜けした丹右衛門に母親の仇として殺されたと、今はそういうことになっております」

「う、うん、それも信じられん話だな。丹右衛門という男の凄《すさ》まじい執念のようなものを感じるぞ。世に人の怨みほど怖ろしいものはないよ」

「お役のお邪魔をしてすみませんでした」

「いや、なんの」

善良で小心者そうな目を瞬《しばたた》かせ、小山田は言うと、

「それにしてもおまえはなぜこんな裏仕事をしている。盗賊火附改に雇われているのか」

「違います、そうじゃないんですけど説明はお許し下さい」

はぐらかしておき、小夜は深々と一礼して役所を後にした。

道々考えに耽る。

本物の下手人が丹右衛門を下手人にするため、三宅島からの偽の書状をこさえた。それならどうだろう。丹右衛門は本当に島破りをしたのか。その生死のほども今はわからないのだ。

それを確かめるためには島へ使いを出すしかないが、何ヵ月もかかってしまう。今の時点では如何《いかん》ともし難《がた》い。

もどかしくて苛《いら》つき、小夜の口から思わず溜息が漏れた。

その時、商家の建ち並ぶ一角で少女の悲鳴が聞こえた。商家の若い女中が粗相《そそう》でもしたのか、路地で番頭に物差《ものさし》で叩《たた》かれている。

それを見た小夜の目が、何かに衝かれ、その場から動けなくなった。

七

小夜の妹お才《さい》は、外神田佐久間町《そとかんださくまちょう》の鼈甲櫛笄《べっこうくしこうがい》問屋信濃屋《しなのや》に奉公して二年目を迎えようとしていた。まだ二年だから、下働きの身分は変わらず、明けても暮れても掃除や洗濯に追われている。

おオの気性はおとなしく、小癪なもの言いや口答えなどは一切しないので、店の者たちの受けはいい。器量よしなのは小夜と同じではあるが、お才に姉がいることはあまり知られていない。秘密にしているわけではないが、お才は身内の話をあまりしたがらないのだ。

店の裏手の井戸端で、お才が何本もの大根を洗っていると、小夜が来てその後ろに立った。ほかの奉公人の姿は見えない。

「元気そうね」

「姉さん」

お才がびっくりして立ち上がった。

「用があって来たわけじゃないの。しばらく会ってなかったから顔を見たくなったのよ。ご奉公はつつがなくやっているのね」

お才はコクッとうなずき、

「皆さんよくしてくれて、何不自由ないわ。あたしも心配していたのよ、姉さんのこと」

「ここじゃなんだから、ちょっと出ようか」

「うん」

おオは素直に小夜の後にしたがい、二人して裏路地伝いに行き、近くの空地へ入った。

人影はなく、黄金色《こがねいろ》に繁《しげ》った大銀杏《おおいちょう》の樹が辺《あた》りを圧倒している。

「寅吉《とらきち》さんのご夫婦は元気かしら」

寅吉というのはお才の養父の大工職で、母親のお房《ふさ》から人別を抜き、そこの娘になったのだ。義母はお浪《なみ》という。

「うん、おかみさん共々、時々顔を見に来てくれるわ」

そう言った後、小夜のことを繁々と見て、

「姉さん、小絵馬売りはどうしちゃったの。もうやってないの？」

いつも小夜が会いに来る時は行商の姿だったから、お才が素朴な疑問を口にした。

「ううん、やってるわよ。でも今は違うこともしているの。それも二つもね」

「二つも？」

「清掃人と、盗賊火附改のお手伝い」

「ええっ」

驚きで言葉も出ないお才に、小夜は清掃人になった経緯と、そこから盗賊火附改とつながりができ、手伝うことになった成行《なりゆ》きを説明する。

「清掃人て、何をするの」

「あんたには言い難いけど、人殺しや心中なんぞのあった現場へ行って、家のなかを洗い清める仕事。壁や天井に飛び散った血をきれいにするのね。仕事仲間がいて、経師屋や畳屋の人たちも一緒よ。女はあたしだけなの。仕事をくれるのは町奉行所か盗賊火附改と決まってるわ」

「信じられない、姉さんがそんなお上の人たちと一緒に仕事をしてるなんて。なんだか違う人みたいよ」

「いいのよ、心配しないで。納得してやってることなんだから」

「でもよくそんな仕事を……あたしにはとてもできないわ」

小夜はふっと苦笑して、

「そりゃあんたには無理よ」

「じゃ姉さんはどうしてできるの」

小夜が答えないので、お才は考えをめぐらせていたが、やがてハッとなって、

「綱八《つなはち》と何か関わりがあるの？」

「やめて、あたしたちの間でその名前は出さない約束よ」

「う、うん、そうね」

姉妹の間に暗い情念が漂う。強い風が吹いて、黄金の葉をヒラヒラとはかなく散らせた。

「まだ夢に見る？」

「ううん、大分《だいぶ》見なくなったわ。だからホッとしているの。姉さんはどう？」

小夜は答えない。

「姉さん」

「今朝《けさ》も見たわ」

お才の表情が小さく歪《ゆが》む。

「一生つきまとわれるのかも知れない、あいつの悪霊《あくりょう》に。あんた、負けちゃ駄目よ。悪いのは向こうの方なんだから」

小夜は説《と》く。

「わかっている。気の毒だなんて思ったことは一度もない。死んで当然の奴なのよ。あの時あたしたちで眠らせてなかったら、ほかの誰かを泣かせていたはずだわ。あれでよかったのよ」

言葉を嚙みしめ、お才は言う。

「うん、それでいいわ。悔《く》やむことなんてないの」

姉妹を今でも苦しめているのは、義父の綱八のことなのだ。姉を汚《けが》し、妹を翻弄《ほんろう》し、人生を狂わせた張本人だ。ゆえに彼女たちにとっては死んで当然の男なのである。

そのことで悔やんだり、罰を受けようなどとは思っていないが、綱八亡き後、二人の心に宿痾《しゅくあ》のように暗い影を落としているのは事実だ。時にその記憶から逃げ出したくなっても、耐えねばならない。もっと時が経てば、思ってもいない明るい未来があるのかも知れないと、二人は微《かす》かな希《のぞ》みを抱《いだ》いて生きていた。

そうとでも思わなければ、人殺しの罪の意識から逃れられないのだ。

八

四谷坂町の愛染長屋に帰って来ると、おぞましい客がいた。

座敷に座り込んだ母親のお房を見て、小夜の目に険《けん》が立った。

「どうしてここがわかったの、おっ母さん」

お房は曖昧な笑みを浮かべながら、

「前にいた所の鳶の衆に聞けば、あんたがどこへ越したかなんてこたすぐにわかるさ。

鳶二人に頼んで大八車でここまで運んだんだろ。駄賃《だちん》に一分とは大層気前がいいじゃないか」

小夜は苛つきながらも、押し黙っている。

「ねっ、あんたどこにそんな金があるのさ。小絵馬売りなんかじゃ考えられないよね。裏で何かやっているのかい」

「あたしが裏で何をやってるっていうの」

「まっ、そりゃいろいろあるじゃないか。あんたは器量よしだからさ、その気になれば男の一人や二人は手玉に取れるだろ」

「おっ母さんとは違うのよ」

小夜はお房の前に座し、冷たい視線を投げて、

「ねっ、縁は切ったんだからもう来ないでくれない。あたしのことは忘れて欲しいの」

「そうはいかないわよ、母子《おやこ》なんだから。世間の人が聞いたら責められるのはあんたの方さね」

「よくもぬけぬけとそんなこと。どの面下げて言えるの」

「小夜、頼みがあって来たんだ」

お房が両手を合わせた。

嫌な予感がする。

「そんなに羽振《はぶ》りがいいんなら、少し用立ててくれないかえ。不景気でさ、店が傾きかけてるんだよ。実入りが減って食うに困っているのさ」

その嘘は明白だった。

小夜は越中島まで行った帰りに、夜になったのでついでにお房が働く浜千鳥《はまちどり》の店の前を通って見てきたのだ。大層な賑わいで、お房が大勢の客の手拍子《てびょうし》で陽気に踊っていた。

しかしそんなことはおくびにも出さず、

「知ったこっちゃないわ、帰ってよ」

「この通り、後生だよ」

お房が芝居がかった仕草《しぐさ》で拝《おが》んだ。

小夜は憤然《ふんぜん》となって背を向け、

「帰ってって言ったら帰って」

「あんたが駄目なら、寅吉さんの所へでも行ってみようかしら。それとも久しぶりにお才の顔でも見に行くかねえ」

小夜を揺さぶる。

「寅吉さんの所だけはやめて。おっ母さん、お才のことを考えたらそんなことはできないはずよ」

「背に腹は代えらんないのさ」

立ち上がるお房の袖を引いて、小夜が止めた。真剣な目になっている。

「あんた、いつまで子供を苦しめれば気が済むの。こんな悪い母親はどこ探したっていないわ」

お房は小夜の手を邪険《じゃけん》に振り払い、

「あたしゃね、疑いを持ってるんだ」

「何よ、なんのこと」

小夜の顔からスッと血の気が引いた。

「綱八がなんでおっ死んだか、今でも納得がいかないのさ。あんた、説明しておくれな」

「それは……」

「一年前のことだけど、あたしゃはっきり憶《おぼ》えている。あんなに酒が強かったはずの男が、酔っぱらって足を踏み外すなんてどう考えたっておかしいじゃないか。実は昔からの知り合いの岡っ引きがいるんだけど、その人に頼んで、綱八が死んだの調べてみて貰ってもいいよね」

それは小夜が子供の頃から知っている岡っ引きで、本所の松五郎《まつごろう》といい、お房とは古馴染みだった。そんな男に綱八のことをほじくりかえされては、小夜の人生はおしまいだ。

小夜が考え込んでいるので、お房は拒否されたと思い込み、

「ふン、どうせあんたなんかこの先まともな嫁の口なんかありゃしないよ。母親が困っていても助けらんない不実な娘なんだものね」

土間へ下りて下駄《げた》を突っかけ、お房は出て行った。そうして長屋の路地を行き、木戸が見えるところで、小夜が追って来た。

強い力でお房の肩をつかんで振り向かせ、小夜は何も言わずにその手に金一分を握らせた。

お房はにんまり北叟笑《ほくそえ》み、

「おや、まだ娘の気持ちは残ってたんだね。有難うよ」

金を握りしめて袂《たもと》へ落とし、

「また来るからね」

捨《す》て科白《ぜりふ》で立ち去った。

殺意に似た感情を覚えるも、小夜はなんとかその気持ちを抑え込んだ。

九

熊坂小吉と人見三九郎が肩を並べてしゃかりきで突っ走り、逃げる一人の町人を追っていた。二人は時折火花を散らせて睨み合っている。

町人は不精髭《ぶしょうひげ》を伸ばしっ放しにし、月代《さかやき》も伸び放題で、垢染《あかじ》みた着物をだらしなく着付けた斧八《おのはち》という男だ。つい先頃三宅島からご赦免になり、江戸に舞い戻って来た破落戸である。

五百吉が白状したのはこの男で、向柳原《むこうやなぎわら》のお救い小屋に住んでいるところを熊坂が訪ねると、そこに人見が先乗りしていて、たちまち二人の間に斧八の取り合いが始まった。その間に斧八は逃げ出したのだ。

お救い小屋というのは、天災や火災で家を失った人のためにお上が設けた避難場所だ。

初老ながら斧八の足は速く、常に鍛《きた》えているはずの熊坂と人見でもなかなか追いつかない。

神田川が見えてきて、斧八は土手を下りて川の流れも厭《いと》わずに入ろうとしているから、そうはさせじと二人は全速力で走り、川の手前で追いついて飛びかかった。

「何しゃがる、放せ」

斧八が暴れる。

熊坂と人見は必死で取り押さえ、三人は共に川原にぶっ倒れた。

「おれがいってえ何をしたってんだ」

吼《ほ》え立てる斧八を捕縄《とりなわ》で後ろ手に縛り上げながら、人見が怒鳴りつける。

「何もしてない奴がなぜ逃げるか。おまえ、また島に戻りたいのか」

「じょっ、冗談じゃねえ、あんな所はまっぴらだぜ。おれになんの用なんだ」

「逃げたわけを言え」

熊坂に凄《すご》まれ、斧八はたじろいで、

「し、島送りにされて以来、役人を見るだけで鳥肌が立つようになったんだよ。それが今日は二人揃っておれに向かってきやがった。なんだか知らねえがヤべえんじゃねえかと思って、それで闇雲《やみくも》に逃げた。もうおれのことは放っといてくれねえか」

「そうか、それを聞いておまえの気持ちもよっくわかったぞ。しかし何もしてなければ逃げることはないのだ」

そう言い、熊坂は財布から銭数枚を取り出して斧八に握らせておき、

「島に丹右衛門という男がいたはずだ。憶えてないか」

「丹右衛門だと、はあて……そいつはなんの科《とが》で島送りにされた」

「無法の限りを尽くして遠島になった男だ」

「ああ、思い出したぜ。そいつぁ躰のどでけえ奴で島でもよく悶着《もんちゃく》を起こしていた。

何年もめえだが、おれも絡まれたことがあらあ」

人見が熊坂を押しのけて、

「その丹右衛門が島破りをしたというのは本当なのか」

斧八がキョトンとなり、

「奴が島破り？　そんなことあるわきゃねえだろ。丹右衛門は去年の暮れに躰を悪くしておっ死んじまった。島にいるみんなでとむれえを出してやったから間違いねえぜ」

斧八を解き放ってやり、熊坂と人見は向柳原の自身番で談合を持った。

熊坂が混乱の目をさまよわせ、

「丹右衛門は死んでいた……どういうことなんだ、これは」

「誰かが丹右衛門になりすましているのですよ。丹右衛門と脇田さんの昔の経緯を知っている奴の仕業でしょうな。これは由々《ゆゆ》しきことですぞ、熊坂殿」

「うむ、それはわかっているが……」

「しかしこうなると糸口がぷっつりです。最初からやり直しということに」

「お主はなぜ斧八を嗅《か》ぎつけた」

人見は苦笑する。

「実はそのう、熊坂殿の後をずっと追っていたのです。それでちょっと先廻りをしようと思いまして、お救い小屋で会ったのは偶然ではないのです。申し訳ありません」

素直に詫《わ》びた。

それを見て、熊坂の心も溶《と》けてきた。

「おい、これからは共に力を合わせようではないか。廻りくどいことはやめにするのだ」

「は、はい、熊坂殿がよろしければ」

「日が暮れたら一杯やるか」

「結構ですね、お近づきの印しに」

大した軋轢《あつれき》もなく、こうして二人は和解したのである。

十

本所の松五郎のことが気になり、小夜は見張っていた。

脇田事件の探索とは筋違いだが、こっちは小夜の一身上の問題だ。彦左に言える道理もないので、心苦しいが目を瞑《つむ》って貰うしかない。

お房が疑念を打ち明け、松五郎の勘が働いて、小夜を調べだしたら厄介《やっかい》なことになる。

松五郎の家は本所二つ目にあり、新築したばかりの仕舞屋《しもたや》だ。これまでも強請《ゆすり》や脅しまがいで食ってきた男だけに、やることが派手なようだ。松五郎に子はなく、若い女房は飼い犬の狆《ちん》を抱いて外出ばかりしている。

その日も松五郎は女房が出掛けた後に家を出ると、下っ引きは連れず、単身でどこかへ向かった。骨太で日に焼け、威圧感のある男だ。

すかさず小夜が尾行を開始した。

子供の頃に会っただけだから、小夜の顔など憶えていないと思うが、それでも用心をして見え隠れに松五郎を追う。

やがて松五郎は両国橋《りょうごくばし》を渡り、広小路《ひろこうじ》の雑踏《ざっとう》へ入った。顔見知りらしき何人かが、松五郎に頭を下げて行く。

その挨拶《あいさつ》を横柄《おうへい》な態度で受け流し、松五郎が向かった先は薬研堀《やげんぼり》であった。

薬研堀新地に大きな薬種問屋があり、松五郎は店横の路地へ入って行き、その姿が消えた。

少し時を稼ぎ、小夜は路地へ入り、そっと顔を覗かせたとたんに慌てて引っ込めた。

一軒の仕舞屋の前で、松五郎が人を待つ風情《ふぜい》で佇《たたず》んでいて、辺りを警戒して鋭い視線を走らせていたのだ。

小夜の目には、それが如何《いか》にもうさん臭く映った。

ややあって仕舞屋の格子戸が開き、家の主らしき男が姿を見せた。宗十郎頭巾《ずきん》を被《かぶ》って面体《めんてい》を隠している。どうやら武士のようだ。

武士が袂をまさぐり、松五郎に紙包みを手渡した。金の授受が行われたのだ。

松五郎は卑屈な態度でそれを押し頂き、

「へっ、いつも申し訳ねえ。またよろしくお願《ねげ》えしやすぜ」

武士は黙っている。

松五郎が去っても、武士はじっと見送っていたが、やがて家のなかへ引き返した。

もうその時には、小夜は路地から別の所へ移動していて、家の陰から松五郎を見送り、やがて姿を消した。

そうして薬研堀新地の自身番へ飛び込み、小夜は家主に盗賊火附改の手札を見せて身分を明かし、仕舞屋の主のことを尋《たず》ねた。

こんな小娘がなぜ盗賊火附改の手先なのかと家主は訝《いぶか》ったが、人別帳を持って来て調べてくれた。

「あそこには梅田典膳《うめだてんぜん》様と申すご浪人様がお独りでお住まいでございますな。以前は小唄の師匠の家でした。それがほかへ移られ、三年前から梅田様が。なんぞご不審でも？」

「梅田というご浪人はどんな人なんですか」

「さあ、ほとんどご不在が多く、滅多《めった》にここには参りません。わたくしどもも顔を合わすのは月に一度、あるかないかでございます」

「あたしが見た時は頭巾を被っておりましたが、いつもああなんですか」

家主は興味津々《しんしん》の目になり、

「そうなんでございますよ。わたくしどももまともにお顔を拝んだことがございません」

「来客とか、連れがいたとかはどうですか」

「そんなことは一度もございませんな」

(尻尾をつかませないということか)

自身番を出て仕舞屋の界隈を離れながら、梅田典膳の正体がわからないことには、このままでは帰れないなと小夜は思った。

近所で聞込みをするも、梅田典膳について知っている人は皆無《かいむ》だった。梅田は三年前からあの家で、息を殺すようにして暮らしていたというのか。尋常《じんじょう》ではない何かをそこに感じた。しかも岡っ引きの松五郎とつながっているところが、気に入らない。悪の臭《にお》いがするではないか。

夕暮れて梅田の家に火が灯《とも》ったのを見届けておき、小夜は近くへ走って惣菜屋で握り飯を調達し、路地の暗がりで腹拵《はらごしら》えをした。

事件探索が始まると寝食を忘れ、握り飯ばかりになると熊坂はぼやいていたが、その通りだと思った。

飯が喉につかえながらも、なんとか飲み込み、小夜がホッとしているところへ仕舞屋の格子戸の開く音がした。

緊張の目を走らせると、頭巾の梅田典膳が出て来た。家の灯は消されてあるから、もう戻らないつもりかも知れない。

十一

松五郎が本所二つ目の相生町《あいおいちょう》三丁目へ戻って来ると、暗がりでやくざ者五、六人が険悪な様子で言い争っていた。

松五郎が割って入り、やくざたちからいざこざのわけを聞く。

小夜は対岸の河岸に身をひそめ、見守っている。

竪川《たてかわ》を流れる川音が大きく、男たちの話している内容はわからない。

突如、松五郎が怒鳴り声を上げ、やくざ者の一人を強い力で突き飛ばした。やくざ者は土手を転がって行き、川に落ちそうになっている。仲間が泡を食って駆け寄り、辛《から》くも男を助けた。

やくざ者らは松五郎の剣幕に怖れをなし、一人が金包みを握らせている。それを受け取るや、松五郎は肩で風を切って歩き去った。

やくざらも三々五々、散って行く。

家に戻るのを見届けようと、小夜は松五郎を追った。

家には灯がなく、外出の女房はまだ帰っていないようだ。狆の鳴き声も聞こえない。

松五郎が家へ入って行き、小夜はそれを見届けると立ち去ろうとした。

「ぐわっ」

異様な松五郎の声が聞こえた。

小夜の足が止まった。

（何、今の……）

家の前に引き返した。路地を伝って裏手へ廻った。宗十郎頭巾の武士梅田典膳が血刀を手に現れた。あの後、夜になるのを待って梅田は薬研堀からここまで来て、松五郎を仕留めたのだ。

とっさに暗がりに飛び込み、小夜は衝撃を受けて手に汗を握った。膝の震えが止まらない。

だが小夜に気づいた様子はなく、梅田は懐紙《かいし》で刀の血を拭《ぬぐ》うとそのまま裏手から立ち去って行く。

小夜が家に飛び込むと、座敷に大の字になった松五郎が斬り殺されているのを、青白い月明りが照らしていた。

梅田を追って走った。

どうしても頭巾のなかの顔が見たかった。

両国橋の上で追いついた。

橋を渡る梅田に、辻占売《つじうら う》りの少女が売り声を上げながらすれ違った。

「〽淡路島《あわじしま》　通う千鳥の恋の辻占……」

辻占売りとは、小さい紙片に吉兇とりどりの語句を記したものを、巻煎餅《まきせんべい》や煎豆《いりまめ》の駄菓子に混ぜ、それを箱に入れて吊るし、売り声と共に売り歩くものだ。

梅田が少女を呼び止めた。辻占を買っているようだ。しゃがみ込んで何やら少女に話している。

「まだ始めたばかりなの」

少女の声が聞こえる。

「そうか、そりゃ大変だ。お父っつぁんの病気治るといいねえ。頑張りなさい」

初めて聞く梅田の声だ。

小夜は凍《こお》りついた。

あれは梅田典膳ではない。

南町奉行所赦帳撰要方人別調掛同心、小山田兵馬の声だった。

十二

盗賊火附改は、徹底して小山田兵馬を調べ始めた。

しかし小山田が脇田を殺す原因は何も出てこない。元よりお役も違うし、二人の間に接点が一切ないのだ。

熊坂は南町の内部に下手人がいたことで、烈しい衝撃を受けた。お頭《かしら》の松平彦左衛門から小山田を調べろと下命された時、何かの間違いではないかと嚙みついた。おなじ捕物に従事する役人として、あってはならないことであった。

役所の奥の間で、彦左は笑い飛ばした。

「何をおたついてやがる。どこにも悪徳役人はいらあな。おれぁ驚かなかったぜ」

「いや、しかし……」

「おめえは直情径行、混じりっけがねえからな、そう思うのも無理はねえかも知れねえ。それよりこいつぁ頭が痛《いて》えぜ。根岸殿の面目が立たねえじゃねえか。どうしてくれるんでえ」

根岸肥前守の顔を思い浮かべながら、彦左は心を痛める。

「そ、それは差し置き、いったいどこからそのようなことを」

「小夜だよ」

「なんと」

熊坂が目を剝く。

「あいつがこつこつと調べ上げたんだ。おれが睨んだ通り、小夜は使い物になるぜ。やっぱ並の娘とは違うんだよ」

熊坂は辞去すると、小夜を探し出して稲荷《いなり》の境内《けいだい》で問い詰めた。

「おまえ、なぜおれに黙っていた。出し抜こうとしたのか」

「すみません、そんなつもりはなかったんです。成行《なりゆ》きからそういうことになって。熊坂様を出し抜くなんてとんでもありません」

「ほかに何かわかっていることはあるのか」

小夜はうなずき、

「小山田が偽名を使って薬研堀の家を借りていた理由がわかりました」

「どんな理由だ」

「八丁堀《はっちょうぼり》のご同役の奥方と密通する仲で、月に一度あの家でひそかに逢瀬《おうせ》を愉《たの》しんでいたんです」

「どうしてそれがわかった」

「八丁堀で聞き込んでいたら、ポロッとそのことが知れました。夜鳴き蕎麦《そば》の亭主が二人の秘密を知っていたんです。一度だけ小山田とその奥方が二人して屋台に立ち寄り、酒を飲んだことがあったと。その時の二人の様子が離れ難いようだったので、亭主はピンときたそうで。小山田から目を離さないようにしていたそうです。亭主は元は岡っ引きで、松五郎とつるむ仲でした。また小山田には妻子がいることも知ってて、亭主は許せない気持ちになり、小山田の後をつけて薬研堀の家を探り出したと。そのことを本所の松五郎に告《つ》げたんです」

「それが強請のわけか」

「はい」

「姦通《かんつう》の口封じに小山田は松五郎を暗殺したのだな」

「そうです」

「しかしそのことと脇田殿の謀殺《ぼうさつ》とは結びつくまい」

「ええ、確かに……でも小山田は知る人ぞ知る天然理心流《てんねんりしんりゅう》の使い手でした。脇田様と連れの男女二人を斬ったのも得心が参ります」

熊坂は驚嘆《きょうたん》の目で、改めて小夜を見ると、

「おまえ、すっかり盗賊火附改の手の者になったな」

「やめて下さい、そんな風には思っていませんから。あたしはしがない小絵馬売りで、清掃人なんです。盗賊火附改にはほんの助っ人のつもりですんで」

　小夜は懸命に抗弁する。

「悪いことなのか、われらの手先ということが。なぜいつもそうして逃げ腰になるのだ」

「あたしはお上の人間じゃありません。いいえ、確かにこうして陰ながら働いてはおりますけど、そんな資格はないんです」

「資格だと？　妙なことを言うではないか。密偵に資格などあるものか。密偵のなかには元盗っ人や元犯科人が多い。それは裏渡世に通じているからだ。持ちつ持たれつでやっていて何が悪い。もっと堂々としていろ。おまえは犯科人ではあるまい」

　突っ込まれ、小夜は目を慌てさせ、

「熊坂様、もうそれ以上の詮索《せんさく》はご勘弁願えませんか」

「そう言いながらも、おまえはすっかりお頭の世話を受けている。店賃はおろか暮らしの金もそうだ。口を開けばそうして建前をぶつが、内実は誰が見てもわれらの手先ではないか」

「そ、それは……」

忸怩《じくじ》たる表情になり、小夜はうなだれる。

熊坂が勘違いして、

「おい、勘違いするなよ。おれは責めているのではない。お頭はおまえの才覚を買っている。類稀《たぐいまれ》なことはおれも認める。だからこの先も働いて貰いたい、そう思ってるんだ」

「有難う存じます。それじゃ行く所がありますんで」

「どこへ行く」

「もっと小山田のことを調べたいと思ってるんです。脇田様を怨む何かを探し出さないといけません」

サッと行きかける小夜を熊坂は止めて、

「まあ、待て、もっと融通《ゆうずう》を利《き》かせろ」

「はっ？」

「よかったらそこいらで飯でも食って行こうではないか。おれとでは嫌か」

「そんなことはありません」

「いずれにしても小山田を追い詰め、糾弾《きゅうだん》せねばならんのだ」

「小山田はどうしていますか」

「何も気づかずにお役に就《つ》いているぞ。人知れず見張りはつけているがな」

「ご用心下さいませ、何食わぬ顔をして平気で人殺しをする人ですから」

「そこだな。赦帳撰要方人別調掛という地味で目立たぬ役職でいながら、彼奴《きゃっ》は人の裏を掻《か》いているのだ。油断するつもりはないぞ」

十三

熊坂が役所へ戻ろうと道を急いでいると、前から人見三九郎がやって来て、熊坂を見て目を輝かせた。

「熊坂殿、探しておりましたぞ。ここで会えたのは幸いでした」

すっかり打ち解けた様子で言った。

「何かつかんだのか」

「はい、とっておきのことが」

二人は近くの茶店に入り、床几《しょうぎ》に並んで掛けると、共に老爺《ろうや》に甘酒を頼んでおき、

「早速だが聞かせてくれ」

熊坂が言うと、人見はうなずいて、

「小山田兵馬は小山田家の実子ではなく、他家から養子に入った身だったんです」

「どんな実家だ」

「それが、武家ではないのです」

「ほう、まっ、そういうことも珍しくはないがな。優れた子なら武家にも入れようぞ」

「実家の父親は吉田道円《よしだどうえん》といい、産前産後医師でした」

「医者の伜《せがれ》か。それなら悪くはないではないか。なかには大工から成り上がった者もおるからな」

「ところが医師の道円は悪い奴から金を貰って、闇の子堕《こお》ろしに手を貸したのですよ。それで御用弁《ごようべん》となりました」

「うむ、それで」

「その際に道円は逆らって暴れ、捕縛に来た役人と争うことに。その役人こそ、脇田殿だったのです」

「見えてきたな、なんとなく」

「道円は逃げたのですが、誤って掘割に落ちて溺《おぼ》れ死にをしました。養子の身分ゆえ表立って騒ぐことはできませんが、小山田殿はそのことで脇田殿に仇討を誓ったのでは」

　熊坂が溜息をつく。

「なるほど、そういうことか」

「他家へ養子に出されたとはいえ、小山田殿は父親の道円を慕《した》っていたのですな」

「よし、わかったぞ。後はそっちでやってくれ」

「はっ？　どういうことですか」

「南の役所内で処理しろということだ。外聞《がいぶん》悪きゆえ門外不出にするのだな。それで八方丸く収まろう」

「そうはゆきませんよ。盗賊火附改にはひとかたならぬお世話に」

「相身互《あいみたが》いだ、こういうことは。われらはあくまで補佐だからな、それでよしと致せ」

「は、はあ」

「なんだ、不服か」

「いえ、大変助かります。ご厚情痛み入ります」

　二人して甘酒を啜《すす》りながら、

「一件落着したところでまた一杯やるか」

熊坂が言うと、人見は喜色を浮かべ、

「お供します」

「今度はもっと若い娘のいる所へ行こうぞ」

「異存はありません」

十四

盗賊火附改の奥の間で、彦左が晩酌《ばんしゃく》をしていて、その前に小夜が硬くなって座していた。

「小山田兵馬は切腹と相なった。悪知恵をめぐらせて島破りをでっち上げ、父親の意《い》趣晴《しゅば》らしをした罪軽からず、ということだな」

「あたしもホッと致しました」

「ところでな、小夜、腑《ふ》に落ちねえことがあるんだ」

小夜が顔を上げる。

「おめえがどうして本所の松五郎に目をつけたのか、降って湧いたような話じゃねえか」

小夜は少なからず慌てる。

「そ、それはその……話せば長いので」

「秋の夜長だ、じっくり聞くぜ」

小夜が押し黙る。

彦左はその様子をじっと見て、

「おめえ、おれになんか隠してねえか」

「え、いえ、何も」

「はっきり言えよ、すっきりしようぜ」

再び小夜は沈黙する。

「松五郎に関しちゃこっちも調べがついてるんだ。奴の知り合いを当たっていたら、おめえのおっ母さんが出てきた。けどお房とおめえは縁を切っている。何があったんだ」

「…………」

「それを聞くまでは今夜はけえさねえぞ」

「お頭様」

小夜は消え入りたい気持ちになる。

「何があったにせよ、おめえを罰するつもりはねえ。腹を括《くく》って洗い浚《ざら》い言ってみなよ」

暫《しば》し沈黙が流れた。

「あたし、人を殺しました」

彦左に驚きはなく、泰然《たいぜん》とした様子で聞いている。

「義理の父親の綱八って野郎だな」

小夜がうなずき、

「おっ母さんがあたしを差し出したんです。十五の時から綱八の慰《なぐさ》み者にされました。そういう暮らしが二年もつづいて、綱八は今度は妹に目を向けました」

「妹にも手を付けたのか」

悲しい顔になり、小夜はうつむく。

「妹と相談して、酔って帰る綱八を狙って大川から突き落としたんです。一生の秘密にしようねって、妹と約束しました。でもやっぱりそうはゆきませんよね。こうしてわかってしまうんですから」

彦左は手酌で飲んでいたが、盃を返して、「飲め、おめえも」

小夜は黙って彦左の酌を受け、一気に飲み干す。

「いける口じゃねえか」

「おっ母さんの血を引いたんです」

「さあてと、どうしたもんかなあ」

天井を仰いで彦左が言った。

「いいんです、罰を与えて下さい。とっくに覚悟はしています」

「死にてえのか」

「…………」

「あのな、おめえたち二人を弄《もてあそ》んだな人じゃねえんだ。獣《けだもの》なんだよ。山で猪《いのしし》に襲われりゃおめえだって鉄砲で撃つだろ。こっちの身を護《まも》らなきゃならねえからな。当然のことじゃねえか」

「…………」

「そんな獣のために罰を受けるこたねえ。くだらねえ奴のことは忘れて、おめえら姉妹で強く生きてくんだ」

「…………」

「この話はみんなおれの胸にしまって表にゃ出さねえ。忌《い》まわしいその話をするのも今宵《こよい》が最後と思いねえ。明日からまたおれたちのために働いてくれよ」

「………」

「どうした、こっちに面見せろよ」

小夜が震えながら顔を上げた。泣き濡れて大粒の泪《なみだ》を流している。

「お頭様……」

「なんだよ、別嬪《べっぴん》さんの名折れだぜ」

「あたし、どうしたらいいのか……なんとお礼を申したらよいかわかりません。有難うございます」

「うむ、それでいいぜ。おれぁとにもかくにもおめえのことを買ってるんだからな。しっかり頼むぜ」

小夜は何も言わぬまま、断りもせず、目の前の彦左の酒をぐいぐいと空ける。

彦左は嬉しい顔になって、「おい、酒だ」と言って手を叩いた。

「よっ、今宵は飲もうじゃねえか」

「あたし……あたし……」

「もういい、何も言うな」

秋の夜長を二人は飲み明かすつもりだ。

第三話　女賊《じょぞく》の嵐

一

三国屋十吉郎は、下総国関宿《しもうさのくにせきやど》を本拠として干鰯《ほしか》問屋を営む豪商である。

関宿は利根川《とねがわ》と江戸川の分岐点にあり、関東の舟運の要衝《ようしょう》として栄えていた。

干鰯というものは鰯《いわし》の脂《あぶら》を絞《しぼ》って干したもので、肥料として米作や綿作に欠かせず、農村部から大きな需要があるのだ。

三国屋は地理的環境を活《い》かしながら、利根川経由で東北、銚子《ちょうし》方面から干鰯を仕入れて北関東の農村へ供給し、さらに江戸川経由で江戸の市場にも進出して莫大《ばくだい》な富を得た。

今では干鰯商いに留《とど》まらず、魚油、糠《ぬか》、竹木、薪《まき》、炭などにも手を広げ、三国屋の身代は磐石《ばんじゃく》なものとなっていた。

またご府内に二十ヶ所の地所を持ち、それらのほとんどが日本橋、京橋、深川の一等地に集中していた。江戸の本店は京橋である。さらに深川三十三間堂町《ふかがわさんじゅうさんげんどうちょう》に百坪余の寮（別宅）を所有し、十吉郎はそこが気に入って江戸ではかならず逗留《とうりゅう》した。

晩秋の静寂のなか、十吉郎に来客があり、寮の奥の間で密談が交わされていた。

来客は勘定方山林方の役人で土井逸馬《どいいつま》、下役の平沢和助《ひらさわわすけ》、十吉郎側は主《あるじ》と番頭善兵衛《ぜんべえ》の四人だ。

山林方は諸国天領の山林や土地を管理し、下げ渡しや植林など、一切の事務を行うお役である。

「土井様、如何《いかが》なものでございましょう。これまでも折につけお願いして参りましたが、荏原《えばら》郡目黒村のうち、ほんの三万坪をこの三国屋にお譲り願えませぬかな」

初老の十吉郎が、脂ぎった顔を光らせて懇願《こんがん》した。

「三万坪を手に入れてなんとする所存だ」

これも初老の土井が言う。

「まだ思案中でここで申し上げるわけには参りませぬが、世のため人のためになるものをこさえようかと」

十吉郎は聞こえのいいことを言うが、含みのあるその表情は、どうやら内実は違うといっているようだ。

「あそこは天領と増上寺《ぞうじょうじ》領とが入り組んでおり、交渉は難儀であろうな」

土井が勿体《もったい》をつける。

「そこをなんとか、土井様のお力で」

十吉郎がうながし、老齢の善兵衛が袱紗《ふくさ》包みを差し出した。こんもりと三百両ほどの切餅《きりもち》だ。

「今宵《こよい》のほんの手土産《てみやげ》にございます」

土井は切餅にチラッと目をやり、平沢と含んだ視線を交わすと、

「まっ、その方がそれほど申すならやるだけやってみようぞ」

「お有難う存じます。では祝い酒と参りますかな。腕のいい板前を呼んで、うまい料理をこさえさせておりますれば」

「よかろう」

十吉郎から意を受けていた善兵衛が、席を立って出て行った。

善兵衛が台所へ来て、怪訝《けげん》な顔になった。

外部から呼ばれた料理人が腕をふるって料理をこさえているはずが、誰の姿もない。住み込みの女中たちもいないのだ。

「おかしいじゃないか、いったいどうしたってんだ」

独りごちながら不審に辺りを見廻していると、近くの小部屋から物音がしたのでそっちへ行ってみた。

すると唐紙を開けた善兵衛が、あっとなった。

料理人三人、女中五人が高手小手《たかてこて》に縛り上げられ、猿轡《さるぐつわ》を嚙《か》まされて押し籠《こ》められていたのだ。五人は必死の形相でもがいている。

「おい、何があった」

小部屋に踏み込んだとたん、善兵衛が「あうっ」と呻《うめ》き声を発した。背中から刃物で刺されたのだ。善兵衛はすぐにくずおれて動かなくなった。

血塗りの長脇差《ながどす》を引き抜いたのは、不知火《しらぬい》という女賊である。

黒装束に頭巾は被《かぶ》らず、目鼻立ちの整った細面の面体を晒《さら》している。真っ赤な口紅がどうにもこの場にそぐわない。歳は四十半ばと思われ、兇状《きょうじょう》持ちとして広く世間に悪名を馳《は》せ、まるでおのれの死に場所を探してさすらう狼のような、あるいは心は常に紅蓮《ぐれん》であるかのような凄味《すごみ》のある大年増《おおどしま》だ。

その背後にぬっと手下三人の影が立った。これらは盗っ人被《かぶ》りをして、すでに長脇差を抜き身にしている。いずれも若い男たちだ。

「侍が二人いる、覚悟してかかりな」

不知火の指図に、狂気と殺意が迸《ほとばし》った。

二

仙女屋半二郎《せんにょやはんじろう》は小夜《さよ》の予想に反し、二十半ばかと思われる爽《さわ》やかな若主人であった。月代《さかやき》をきれいに剃《そ》って身だしなみがよく、眉目《びもく》がすっきり整っているから如何《いか》にも小間物屋らしく、これなら町娘たちが放っておかないのではないかと思った。

仙女屋の生業《なりわい》は紅屋であった。

つまり口紅や頬紅《ほおべに》などの紅ものを中心に、白粉《おしろい》、髪油、爪紅《つまべに》などの細々《こまごま》とした化粧品類を扱う生業なのだ。それを総じて紅屋というのだが、女相手の商売だけに狭いながらも店は華やいでいた。

小店《こだな》で部屋数は少なく、半二郎は独り身だから、雇われの娘たちはすべて通いである。

帳場裏の小部屋で、半二郎は面接に来た小夜と座して向き合い、略歴として書付けたものに目を落としながら、

「小夜さんだね」

「はい」

「小間物の仕事は」

「初めてです」

「家の事情はどうなっている」

「ふた親とも早くに死んで、今は独り暮らしをしています」

嘘も方便を言った。

「売り商いをしたことは」

「以前に小絵馬《こえま》売りをしていました」

「それなら客相手は馴《な》れているね」

「ええ、少しは」

「住まいは浅草《あさくさ》って書いてあるけど」

「浅草上平右衛門《かみへいえ》町《もんちょう》の地蔵長屋です」

「こと近いじゃないか」

仙女屋は大伝馬町《おおでんまちょう》一丁目にあった。

「神田川を渡ればすぐですね」

「そうかい、それじゃ明日返事をするよ。使いを出すから家にいておくれ」

「承知しました」

小夜は一礼して、仙女屋を後にした。

柳原土手《やなぎわら》の方へ向かって歩いていると、どこからか熊坂小吉《くまさかこきち》が現れ、小夜のそばへ寄って来た。同心姿ではなく、変装して無紋の着流しに編笠を被り、無役の御家人のように見せている。

「鰻でも食うか」

今は昼前だった。

小夜は無言でしたがい、熊坂がうながして横山町《よこやまちょう》の裏通りにある鰻屋に入った。二階へ上がり、衝立《ついたて》で仕切った一角に陣取る。数人の客がいるが、気になるような輩《やから》はいない。

小夜のそうした警戒ぶりも、盗賊火附改《とうぞくひつけあらため》を手伝うようになってからだった。それを喜んでいいのか、悲しんでいいのかはわからないが、いつしか染まっている自分を小夜は感じていた。

(嫌だわ、あたし、どうしてこんな風になっちゃったのかしら。手先じゃないってのに、人に疑《うたぐ》り深くなっちゃ駄目よ)

そう思っても、時すでに遅しなのだ。

やって来た小女に鰻の蒲焼《かばやき》を二人分頼み、熊坂は小夜の顔を覗《のぞ》き込む。

「首尾はどうだ」

「上々だと思います」

「こっちの思惑通りにゆくか」

「たぶん、大丈夫かと」

小夜が仙女屋に雇われるためには行商をする奉公人に欠員がでねばならず、そのため盗賊火附改が動いて雇い人三人の事情を調べ上げた。やがてお鈴《すず》という娘が父親の借金苦に喘《あえ》いでいるのがわかり、熊坂が因果《いんが》を含めてお鈴に三両の金を握らせ、急な病いを理由にやめさせた。

すると案の定、仙女屋は懇意《こんい》な口入れ屋に娘の雇い人を頼んだ。委細面談ということになっているから、小夜は略歴をでっち上げて仙女屋へ赴《おもむ》いたのだ。

「偽の住まいの方、大丈夫ですよね。半二郎は明日使いをくれると言ってましたけど」

「そこにぬかりはない。空いている家を用意してある。地蔵長屋は猪之吉《いのきち》の息のかかった長屋なのだ。住人どもは口裏を合わせることになっている」

地蔵長屋は差口奉公人《さしぐちほうこうにん》の猪之吉にゆかりのある長屋だと聞いていた。猪之吉が大家と親しいのだという。住人はいずれも前非持ちばかりのようで、時に手先として使うこともあるらしいから、盗賊火附改の出張り所のような役割なのか。

こういうやり方は町方にはないもので、間諜《かんちょう》戦にも長《た》けた盗賊火附改ならではである。

「それならひと安心です」

「仙女屋半二郎はどんな男だ」

「えっと、きちんとしてそつのない人です。裏表があるようにはとても見えませんね」

「見た目は確かにそうだが、油断をするな」

「はい」

鰻の蒲焼が磁器皿に載せられ、飯碗と共に運ばれて来たので、二人は暫《しば》し黙って空腹を満たした。ここでも熊坂は食べるのが遅い。ややあって小夜が口を開く。

「でも熊坂様、半二郎は本当に不知火の倅《せがれ》なんですか。あたし、まだ信じられなくって」

熊坂がもさもさ食いながらうなずき、

「不知火の手下が白状したのだ、間違いないぞ。不知火の素性は以前よりわかってい
た。野州《やしゅう》無宿で名は小巻《こまき》、元は庄屋の娘だったそうな。年は四十過ぎということだ。

したが伜がいたというのは初耳であった」

「半二郎の父親は」

「それは不知火のみぞ知るだな」

「ああ見えて半二郎もやはり悪党なんでしょうか」

「ところがそうではないのだ。これも手下が白状したのだが、不知火は伜が十の時に
他家へやっている。ゆえに伜は堅気《かたぎ》として育ち、今では小なりといえどもああして小
間物屋になった。いくら聞き込みをしても、無頼とのつき合いはないようだ」

「母親が陰ながら助けたとか」

熊坂はようやく蒲焼を食べ終え、茶を啜《すす》りながら、

「それはないな。母子はもう十何年も会っておらぬようだ。縁を切ったも同然だ。商
いの成功はひとえに伜の才覚の賜物《たまもの》であろう」

そんな素っ堅気の半二郎を騙《だま》すのは、小夜としては気が引けてならない。

しかしほかに方策はなく、小夜が潜り込むしか道はないのだと、お頭《かしら》の松平彦左《まつだいらひこざ》

衛門《えもん》に説得された。

三

熊坂と別れ、小夜は浅草上平右衛門町へ向かった。

道々考えに耽《ふけ》る。

事件から七日が経《た》っていた。

三国屋の寮で不知火の襲撃があった翌日、小夜は清掃人として現場へ呼ばれ、殺戮《さつりく》の後始末に加わった。男四人による大量の流血と無念が現場に色濃く残留しており、小夜は胸苦しさに圧倒された。死にたくない、という男たちのその思いが、小夜の背にのしかかってくるような気がした。

しかしその思いに実体はないのだ。あくまで小夜の霊感への訴えなのである。

清掃の後に彦左に呼ばれ、事件の概要を聞かされた。

豪商の三国屋十吉郎が、深川の寮に一番番頭の善兵衛を同席させ、勘定方山林方の役人土井逸馬、平沢和助の四人で密談を行った。

密談の内容は、荏原郡目黒村の三万坪の幕府所有の土地を譲り受けたい、というものであった。これは京橋の店に残っていた二番番頭の利吉が証言している。そのための賄賂《わいろ》は三百両で、十吉郎が蔵から出したものだ。

三万坪もの土地を何に使うのかといえば、利吉の証言によると、十吉郎は一大歓楽街をこさえるつもりだったようだ。飲食の店から岡場所、それに貸家や長屋を建てて一帯を三国屋が所有し、大儲《おおもう》けを企《たくら》んだのだ。

寮に生き残った料理人、女中らの証言により、女賊の人相風体から不知火が割り出された。かねてより追跡していたもので、不知火は決して尻尾《しっぽ》をつかませず、盗賊火附改は煮え湯を吞《の》まされつづけていた。

ところが三国屋の一件で市中に捜査網が布《し》かれ、逃亡しようとしていた手下三人が網に掛かった。内藤新宿《ないとうしんじゅく》から甲州路へ逃げんとしていたところを、盗賊火附改の同心らに咎《とが》められた。

三人は長脇差を閃《ひらめ》かせて暴れ、大捕物となった。そのうち二人が斬られ、残った一人の甲州無宿常吉《つねきち》が捕縛され、盗賊火附改の拷問蔵で折檻《せっかん》を受けた。

折檻は彦左みずからが行い、常吉を責めまくった。常吉は捕物の際に深手を負って、気息奄々《きそくえんえん》であったが、必死で命乞いをし、不知火には堅気の伜がおり、それが仙女屋半二郎であることが判明した。

翌日に常吉は疵《きず》が元で、敢《あ》えない最期を遂《と》げた。

一斉に半二郎の周囲が調べられ、対策が練られた。

彦左の鶴の一声が飛んだ。

「小夜を呼んで来い。こいつぁあいつにやらせる」

地蔵長屋へ来ると、路地で猪之吉が待っていた。

小夜は空家を案内され、すでに娘の独り暮らしらしい家具調度がきちんと整えられていることに驚いた。いくら偽装とはいえ、盗賊火附改の手際のよさに舌を巻く。ここに住みつくわけではなく、半二郎が小夜を調べるかも知れないから、口裏合わせのための仮の住居なのだ。

如何にも前非持ちらしく、みすぼらしい長屋の住人らが遠巻きにして小夜のことを見ている。

「よろしくお願いします」

とだけ言って、小夜は家のなかへ入って戸を閉め切った。

こういう連中と親しくなるつもりはなかった。実際のところ、前非持ちだけあって誰も彼もうさん臭いのである。

四

羅刹《らせつ》の世之介《よのすけ》は、人殺しの手配師である。殺しの手配りだけに留まらず、みずからも手を下すこともあるが、滅多にそれはやらない。

二十三の若さでありながら、世之介はいっぱしの裏渡世の住人で、八歳から盗みを始め、十を過ぎる頃にはやくざ者と刃傷沙汰《にんじょうざた》を起こし、その秘めた兇暴性から役人に将来を思いやられた。

日本橋音羽町《おとわちょう》の裏通りに駄菓子を売る小さな店を出し、子供相手に一人で切り盛りし、気のいい菓子屋のお兄さんとして親しまれている。

若衆髷《わかしゅうまげ》に気障《きざ》な花柄の小袖《こそで》を着て、童顔だからよもやこれが人殺しとは思えず、人は騙されるのだ。

昼下りになると寺子屋帰りの子供や親たちで店先は賑《にぎ》わうが、それも一時で、客足は途絶える。

するとその日の世之介は、大戸を半分下ろしてさり気なく往来の人に目を走らせ、不在を装って家の奥へ消えた。

奥の一室では客が待っていた。

世之介は客の前に座すと鹿爪《しかつめ》らしく、

「お初にお目文字《めもじ》致しやす」

くそ丁寧《ていねい》に挨拶した。

そうしておいてそつなく茶を淹《い》れつつ、客の様子を盗み見する。

客は家の裏手から入って来たから、誰にも顔は見られていない。世之介に会う時の決まりで、それがわかっているということは客も尋常ではなく、人殺し以外の用事は考えられない。

男は世之介より二つ三つ年上で、身装《みなり》はよく、ぞろっとした小袖に身を包み、月代を伸ばした遊び人風だ。自堕落《じだらく》な暮らしが身に染みついているようにも見えるが、どこかに育ちのよさを感じさせ、根っからの悪党とは思えない。

「人を殺して貰《もら》いたいんだ」

ズバリ、男が言った。

世之介はうすく笑い、

「まあまあ、おまえさん、物事には順序ってものが。まずお名前は」

「明かさなきゃいけないかえ」

「嘘の名前でも構いませんけど」

「あたしは小文太《こぶんた》、本名さね」

「どこの小文太さんでござんしょう」

「それも言わないと駄目かい」

「へえ、話せるところまでで結構です。知っておきたいんですよ、おまえさんのことをね」

「そいつぁちょいと不都合なんだ」

「困りましたねえ」

「放っといとくれ、あたしの素性なんざ」

小文太が目を尖《とが》らせた。

「わかりました。それじゃ誰を手に掛ければいいんですね」

「盗っ人の不知火さ」

世之介の表情がスッと引き締まった。

「知ってますよ、女盗賊の不知火なら。ついこの間も干鰯問屋の三国屋ってのがやられましたね。裏渡世じゃ結構鳴り響きました。深川の寮に勘定方の役人といたところを襲われたんです。けどその後がいけない。手下三人は盗賊火附改の手でお陀仏にされ、頭の不知火は逃げている。今じゃ江戸中に役人が張り込んで蟻《あり》の這い出る隙もないそうです。あたしらも動き難くって、いろいろと不自由してますよ」

小文太は身を乗り出すと、目を光らせ、

「盗賊火附改より先に不知火を見つけ出し、どうでもあんたの所で仕留めてくれないか」

「ちょっと待ってくれませんか。今から不知火を探すとなったら大変です。盗賊火附改より先に見つけられるかどうか」

「もう見つけてあるよ」

「ええっ」

世之介がまじまじと小文太を見た。

「不知火にはたった一人の倅がいる。親子の縁は切れているっていうけど、わかったもんじゃない。その倅に張りついていれば不知火はきっと姿を現す。あたしはそう睨《にら》んでるんだ」

世之介は小文太を見直すようにして、

「おまえさん、それをどうやって」

「この江戸は都合がよくできていてね、あんたみたいに人殺しを請負う人もいれば、探しだすのを専門にする人もいるのさ」

「けど探し屋だって安くないはずです。小文太さん、ここへ来るまでに結構な物入りでしたね」

「だからっておまえさんの所を値切るつもりはないから安心おし。言い値できちんと払うよ」

世之介は小文太をじっと見て、

「わかりやした、お引き受け致しやしょう」

「そうか、頼むよ」

「因《ちな》みに――」

「なんだい」

「おまえさん、遊び人風を気取ってるけど根はそうじゃござんせんね。どっかにお育ちのよさが見え隠れしております」

小文太は不遜な態度でそれには答えず、ふところから財布を抜き出し、小判一枚を差し出した。

「これはほんの手付けだ」

そう言うや、元通り家の裏手から出て行った。

それを見澄ますや、世之介は手早く身繕《みづくろ》いをし、小文太の後を追って尾行を始めた。

五

翌日、小夜は四谷から浅草へ来て、上平右衛門町の地蔵長屋へ入ったところで、折よく仙女屋から町飛脚《まちびきゃく》の使いが来た。

小夜が早速大伝馬町の仙女屋へ行くと、半二郎が喜色を浮かべて迎え入れた。

「小夜さん、おまえさんに決めたよ。やって貰えるね」

小夜は内心で肩の荷が下りる思いがし、目顔で謝意を伝えた。しかも半二郎は身許《みもと》引受人などいらない、人柄が大事だと言って小夜を恐縮させた。

次に半二郎は今働いている娘二人を呼び、小夜に引き合わせた。お妙《たえ》とお君《きみ》だ。化粧類の商いに適していて、二人とも垢抜《あかぬ》けている。身装は小夜とおなじ木綿の粗《そ》衣《い》を着ていた。

引き合わせが済むと、お妙とお君が行商の割り振りをし、以前働いていたお鈴の受け持ちをそっくり小夜が引き継ぐことになった。

店が忙しくなるのは昼過ぎからで、朝から町を歩いてもなかなか買ってくれないとか、無法者がいるような所には足を向けないなどと、二人が小夜に行商の細かな説明をしてくれる。二人の年は小夜とさして変わらず、話は通じ易《やす》かった。

昼飯を作るのは交替になっていて、その日はお妙がこさえ、奥で半二郎を交えて四人で膳に向かった。飯に佃煮《つくだに》だけの質素なものだが、それも小夜の身の丈《たけ》に合っているような気がして、居心地のよさを感じた。

「旦那さん、病気でやめてしまったお鈴さんは残念でしたけど、よかったですね、小夜さんみたいないい人が来てくれて」

お妙が言うと、半二郎は相好《そうごう》を崩し、

「あたしはね、ひと目見た時からこの人だって決めてたんだよ。だってどう見たってしっかり者だろう」

「お眼鏡に適《かな》って嬉しいです」

小夜が率直なところを言った。

こうして接してみても、半二郎に裏の顔があるとは思えなかった。

そこへ得意客が来て、半二郎が三人を気遣って、

「いいよ、ゆっくりしておくれ」

と言い残して店へ出て行き、娘三人はお茶を飲んだ。

「小絵馬売りをしていたのなら苦労することはないわね、小夜さん」

お妙が言い、小夜は答える。

「ええ、でも楽な仕事とは思っていません。何事も気の弛《ゆる》みはいけないと肝《きも》に銘《めい》じていますんで」

そう言った後、話題を変えて、

「ここだけの話、旦那さんの半二郎さんてどんな人なんですか。あたしたちみたいな小娘にも気を遣って、なかなかの人じゃありませんか」

お妙とお君が見交わして、

「そうなのよ、小夜さん。まだ若いのによくできた人なの。きっとどこかで苦労を重ねたのかも知れないわ」

お妙が言うと、お君も同意で、

「あれでどうしてお嫁さんが来ないのか、町ではみんな不思議がってるわ。どんな人が来てもあたしたちは逆らわずにお仕えするつもりなのよ」

やはり居心地がいいのだ。

「それじゃお君さんはずっとここにいるつもりで？」

小夜の言葉に、お君はうなずき、

「お妙さんだってそうよ、ねっ、お妙さん」

お妙も首肯《しゅこう》して、

「やめる気はないわね。所帯を持ったってつづけられるし、どんな人と一緒になってもあたしはあたしだもの」

「その通りだわ。旦那さんは結構なご主人様なのよ」

お妙は病気で寝たきりの母親を抱《かか》え、お君の方は兄弟姉妹が多く、それぞれに働かねばならない事情を打ち明けた。

来客があったらしく、「ちょっと来ておくれ」と半二郎の声がした。

「小夜さんはまだいいわよ」

お妙が言い、お君と共に店へ出て行った。小夜は膳の片付けを始めながら考える。

(やはり半二郎はちゃんとした人だわ。不知火の伜だなんて知らなかったら、まっとうな人だと思っちゃう。ううん、本当にまっとうなのよ、半二郎は)

ここへ母親の不知火が現れて、折角うまくいっている伜の人生を壊さないでやって欲しい。盗賊火附改の意に反して、小夜はそんなことを願っていた。

六

たとえ彦左が中西派一刀流《なかにしはいっとうりゅう》の剣の使い手としても、ごくたまに不覚を取ることはある。どんな不覚かといえば――。

その日、彦左は単身で浅草寺《せんそうじ》領の浅草奥山《おくやま》にいた。

奥山は大きな盛り場だから、毎日が祭りのような賑わいで、人とぶつからずに歩むことが難しいほどだ。掛小屋や露店から、呼び込みや売り声が絶え間なく、彦左は流れに任せて歩いている。

この界隈《かいわい》で不知火らしき女を見たという知らせがあり、その時彦左は両国《りょうごく》にいて、何はともあれ駆けつけて来た。

知らせは確かなもので、彦左が旧知の元盗っ人からであった。その男は老齢で盗っ人の足を洗っていたが、何年か前に不知火と遭遇《そうぐう》したことがあり、顔を見間違えるはずはなかった。ずっと昔に彦左に命を救われ、それを恩に感じて、お頭のお役に立ちてえと元老盗っ人は言った。

駆けつけるに当たり、もし何かあってはいけないから、両国の自身番《じしんばん》に寄って身分を明かし、行き先を認《したた》めたものを家主に渡しておいた。町方同心同様に、盗賊火附改の連中も自身番に立ち寄ることがあるからだ。

前から鳥追笠《とりおいがさ》を被った女が来てすれ違い、つっと立ち止まるや、彦左に小声で囁《ささや》いた。

「あたしの後についといで」

彦左が笠のなかの顔を鋭く見て、カッと目を見開いた。即座に勘が働く。会うのは初めてだが、不知火こと野州無宿小巻であった。

「うぬっ、てめえ」

さすがに度胆《どぎも》を抜かれた。

「お黙り、ここで騒ぎを起こしたいのかえ」

「しゃらくせえ」

彦左が小巻を捕えんとすると、そうはさせじと小巻が抗《あらが》い、二人は無言で拳《こぶし》と拳で争った。周りを往来する人は何も気づかない。

そうこうするうちに彦左は、突如脇腹に痛みを感じた。小巻が匕首《あいくち》で刺したのだ。

彦左が怒髪天《どはってん》を衝《つ》く目で、キリキリと小巻を睨んだ。不覚を取った瞬間だった。

小巻の片手は、強い力で彦左の刀の柄《つか》を押さえて封じている。

小巻は余裕の笑みさえ浮かべ、

「慌てんじゃないよ、刃物の先がちょいと刺さっただけさ」

「おのれ」

小巻は彦左から離れ、足早に先に立って行く。

腹を押さえながらも、彦左はその後にしたがった。晒《さら》しはぐっしょり血まみれだ。

奥山でも人けのない境内《けいだい》へ来た。遠くで何人かの子供が遊んでいるだけだ。

やや歩行が困難な彦左を、小巻は邪険《じゃけん》に押しやって切株に座らせ、その腰から両刀を鞘《さや》ごと抜き取って彼方《かなた》へ放った。

そうしておのれは池を背にして立つと、

「いずれはお上《かみ》の裁きを受けるつもりでいるよ。けど今はまだその時じゃないんだ。だからもう少し手を弛めてくれないかえ」

「それが言いたくてこんなことをしたのか」

「ああ、そうだよ。そっちの追及が厳しくって、動き難いったらありゃしないのさ」

確かにどの町にも、盗賊火附改の役人たちがびっしり張り込んで目を光らせていた。

「手を弛めたらどうなるんでえ。またやりてえ放題に盗みを働くのか。罪のねえ人の命を奪って、おめえは外道《げどう》もいいとこだぜ」

「わかってるよ、あたしゃ正真正銘の外道さね。けどそれなりに自分の掟《おきて》は守っているつもりだ。手に掛けたな、罪深い奴らばかりなんだ」

「三国屋十吉郎、番頭善兵衛、勘定方役人の土井逸馬、平沢和助の四人にどんな罪があるってんだ」

「四人ともまっとうじゃないね。三国屋主従は汚い手段で商いの手を広げてきた。くそ役人どもは年柄年中賄賂漬けだ。奴らが金にまみれてここまできた裏に、どれだけの人が泣かされてると思ってるんだい。それでこの先のことを考えて、四人を仕留めて三百両をぶん捕ってやった。あの場にいた料理人や女中たちには、指一本触れてないだろ」

「義賊だとでも言いてえのか、おめえは」

「ちゃんと外道だと認めているじゃないか」

「やい、不知火、おめえのやったこた褒《ほ》められるとでも思ってんのか。いってえいつまでこんなことをしてやがる。もういい加減にやめにしねえか」

「松平のお頭、あたしの言うことを聞いとくれ」

小巻が近寄って彦左の前に膝《ひざ》を折った。

「あたしはまだ捕まらない。もう後一年か二年、見逃してくれないかえ」

「そうはゆかねえな。そんなこと許したらおれがいい笑いもんだ。自訴するか、この場でひっ捕らえるか、それしかねえ」

彦左が身を泳がせ、刀を取ろうとした。

すかさず小巻が走って、彦左の片手の甲を踏んだ。

「うぐっ」

腹の痛みがぶり返し、血が滲《にじ》み出た。

「くそっ、くそっ……」

彦左が腹を庇《かば》ってうずくまった。

「言うだけのことは言ったよ、お頭、また会いに来るからね、それまで達者でいとくれ」

「おい、待て、不知火」

追いかけようとしても躰《からだ》の自由が利かなかった。立ちかけ、よろけ、彦左は無様にその場に崩れ落ちた。それでも懸命にまた立ち上がり、刀を拾い、蹌踉《そうろう》とした足取りで歩きだした。

すでに小巻は消えていた。

そこへ熊坂が探す目でやって来て、「お頭っ」と言い、色を変えて駆け寄った。

「両国の自身番で知りましたぞ、誰にやられましたか」

「不知火だ」

「なんと」

熊坂は彦左に屈《かが》んで疵口《きずぐち》を調べ、浅いので安堵《あんど》し、

「ここでお待ち下さい、すぐに追手を」

「よせ、いいんだ、今日のところはもうおしめえだ」

「疵口を見ますと、かすった程度です。殺す気はなかったようですな」

「ああ、言いてえことがあって近づいて来たのさ。不意打ちとはいえ、何もかも向こうの方が一枚上手だったぜ」

彦左はあっさり負けを認め、熊坂の肩を借りて歩きだす。

「不知火は何が目当てでお頭に」

「後一、二年、捕めえるのを待ってくれねえかとよ。伜が女房を娶《めと》るのを見届けてえのかも知れねえ」

「半二郎の件は口にしたのですか」

「言うもんかよ。警戒してもっと姿を見せなくならあ。こっちはじっと待つしかねえな」

「それにしてもお頭に近づいて刃物で刺すとは、不届き至極《しごく》ではありませぬか。おれが捕えて倍返ししてやります」

「小夜の方はどうだ、半二郎に動きはねえのか」

「はっ、今のところは。小夜は仙女屋に溶け込んでうまくやっておりますぞ」

七

意外なことに、小文太は立派な家に住んでいた。日本橋通《とおり》二丁目の裏通りで、隣り近所もそこそこの家々が建ち並んでいる。

世之介は小文太を尾行してきてそれがわかるや、理解に苦しむことになった。小文太は単なる遊び人ではないのではないか。いわゆる遊び人風情なら、酒、女、博奕《ばくち》にうつつを抜かし、体裁ばかりはよくても実際は素寒貧《すかんぴん》が多い。家を持つなど考えられないはずだ。それが二日前のことで、世之介は腑《ふ》に落ちないままに音羽町から通二丁目へ通い、小文太の素性を洗うことにした。近くに木賃宿があり、そこを根城にして近隣で聞き込んだ。

しかし誰に聞いても小文太の家の主《あるじ》はわからず、世之介は意を決して通二丁目の自身番を訪ねた。

当方尋ねる人があって、よく似た人を小文太の家で見かけたので確かめたい、誰の家なのかと自身番の家主に問うた。

初めは若衆髷の世之介をうさん臭そうに見ていたが、家主は渋々口を開いて、あの家は干鰯問屋の三国屋さんのものだ、と言った。

世之介は閃くものがあり、今度は京橋の三国屋へ行き、また近くの人に小文太の人相風体を言ってみると、それでようやくその人なら三国屋さんの一人息子の小文太さんですよと言われた。

さらに別の人に小文太が家を出ている事情を聞くと、小文太は当主だった十吉郎と親子仲が悪く、三年前から離反していることが判明した。

それがここへきて、十吉郎が不知火に殺され、三国屋は主不在となったので、今後小文太がどうするのか、世間の関心を集めているという。一番番頭の善兵衛も十吉郎と共に殺され、店は今は二番番頭の利吉が仕切っていた。

三国屋に残ったのは小文太の母親と妹で、女二人で大店《おおだな》をやっていくことはとても無理だ。今となっては小文太がしっかりしなければと、誰もが思っている。父親が死んでから小文太は店に舞い戻り、利吉と元の主従関係を修復したようだと世間の人は言っている。そこまでわかったところで、世之介は行動を起こした。

日が暮れて小文太の家の前に立つと、なかから灯《あか》りが漏れているので、世之介は裏手へ廻って勝手から忍び込んだ。

奥座敷に気配がするも、話し声は聞こえないから小文太だけと思い、世之介は履物《はきもの》をふところにしまって奥へと向かった。唐紙を細目に開けてそっと覗くと、小文太が独りで酒を飲んでいた。

そこへ世之介はずいっと押入る。

小文太は驚きでポカンとした顔を向け、やがて悪びれた様子もなくにんまりと笑った。

「突きとめられちまったようだね」

そう言いながら、飲むかねと言うから、世之介は対座してご馳走《ちそう》になることにした。

「いつもここで独り酒なんですか、三国屋の若旦那」

「そんなことはないよ。ほとんど遊び呆《ほう》けているけどね、今宵はたまたまさ。あたしのこと、嗅《か》ぎ廻ったんだね」

小文太の酌を受け、世之介は酒を飲む。

「へえ、おまえさんが明かして下さらないから。相手のことがわからないと動けないんですよ。でもこれですっきりした。取り交わした約束は果たしますよ」

「よろしく頼む」

「余計なこってすが、どうして家を飛び出したんですか」

「決まりきった堅気の暮らしが嫌で家を飛び出した。この三年の間は酒に女に博奕にと、実に楽しかったねえ。世間によくいる不肖《ふしょう》の倅ってやつだよ。家にはおっ母さんと妹がいるけど、二人に店は継げない」

「それじゃ三国屋さんは一代限りってことになっちまいますよ。いらざる心配ですけど、大身代はどうなるんですか」

「お父っつぁんの怨《うら》み晴らしが無事に済んだら、あたしは店に戻るよ。干鰯問屋を潰すつもりはない。もう遊び暮らすのにも飽きちまったんだ」

「それはいいこってすねえ。あれだけの大店を潰したら罰《ばち》が当たります」

「有難う、ちゃんと真人間になるよ」

「それじゃあたしは明日から仙女屋に張りつきます。首尾を祈っていて下さいまし」

「うむ」

「ご馳走さま」

と言って世之介が席を立つと、小文太が待ったをかけた。

「実はもう一人消して貰いたい奴がいる」

「二つのことは一緒にはできませんよ。不知火の始末が済んだところで改めて聞きましょうか。それでようござんすね」

「ああ、それでいい」

二人は含んだ視線を交わし合い、その晩は別れた。

帰り路、世之介は手持ちの誰に不知火を仕留めさせるか、そのことばかり考えていた。

女とはいえ不知火は怖《おそ》ろしい相手だ。しかし世之介の方にも、選りすぐりの殺し屋は十指に余る。

それだけの数の手練《てだれ》を抱《かか》えるようになれたのも、日頃の精進の賜物だと世之介は思っていた。

八

小夜は紅屋稼業になりきり、日本橋北の界隈を売り歩いていた。

化粧類はよく売れて、客は女ばかりだから男客のように構えることもなく、気分は楽だった。小絵馬売りの時は客に子供も混ざっていたが、こっちは違う。客に註文《ちゅうもん》を出され、それを熱心に書き留め、仕入れたら時を置かずにすぐに持って行く。

小夜のその誠実さは感謝された。品物の内容も熟知していなければならず、仙女屋で懸命に学んだ。

そんな小夜の姿を、半二郎は目を細め、好意の目で垣間《かいま》見ていた。お妙とお君も小商いになれた小夜のことを褒めそやした。

化粧用紅は猪口《ちょこ》や蛤《はまぐり》の貝殻などに塗ってあり、猪口紅、うつし紅、皿紅と呼ぶ。また携帯用に厚板や漆板に塗った板紅と呼ばれるものもあった。紅は『紅一匁《もんめ》・金一匁』といわれるほど高価で、そのため少しの紅でも映える化粧法が工夫されたりもした。

畢竟《ひっきょう》、女たちの関心はそこに集まるのだ。

商いが商いだけに、売る方が化粧っ気なしというわけにはゆかないから、小夜もすっぴんはやめにして、多少は薄化粧を施すようになった。むろん使う化粧品は仙女屋のものである。

売り歩いていると、町辻《まちつじ》に貼り出された不知火の人相書が目についた。人だかりのなかから小夜が覗くと、上手く描かれたその顔にこれまでの罪状が書かれてあった。

悪行を見る限り、確かに不知火は稀代《きたい》の女賊であり、あるいは毒婦として町の衆に強烈な印象を与えているようだ。怖ろしい女だ、という囁き声が聞こえる。

小夜の印象は決してそうではないから、なんとも微妙な気分でその場を離れ、売り歩きをつづけた。

するといきなり横合いから腕が伸びて、路地に引っ張り込まれた。

熊坂が怒りの顔で立っていた。

「おまえ、化粧などして、何を考えているか」

手拭いで小夜の顔をごしごし拭こうとするから、げんなりして振り払い、

「やめて下さい、これでいいんですよ」

「なぜだ。そんな娘だったのか、おまえは」

「あたしがなんのためにこんなことをしているか、そこをわかって下さい。紅屋の行商なんですよ」

「なに」

「熊坂様は堅物だからわからないんですよ。唐変木《とうへんぼく》とは言いませんけど、もう少しこっちのことを思いやってくれませんか」

「唐変木だと」

熊坂が噛みつくような顔になる。

「あっ、言い過ぎました、御免なさい」

熊坂が黙っているから、小夜はまた詫《わ》びなければと思い、

「わかりました、元の山出しに戻ります」

手拭いで化粧を落とそうとした。

熊坂が急にそれを止めて、

「すまん、おれが悪かった」

頭を下げた。

小夜はびっくりして熊坂を見た。

「今のおまえの立場を考えれば当然のことであった。唐変木と言われてもやむを得ぬな」

「いえ、そんな、どうか頭を……」

熊坂が頭を上げて苦笑いし、

「これだからおれはいかんのだ。お頭によく叱られるのも似たりよったりのわけでな、ははは、忘れてくれ」

「今日はお見廻りですか」

「お頭が不知火に刺された」

事もなげに言う。

「ええっ」

小夜が顔色を変えた。

「それを早く言って下さいよ、あたしの化粧の件なんてどうだっていいんです」

「疵は大したことはないから安心してくれ。不知火は詮議《せんぎ》を弛めてくれと言ったそうな。恐らく半二郎に未練を残してのことではないのか。手を弛めるつもりなどはさらさらないが、お頭は少し不知火を見る目を変えたと言っている」

「それは、どんな？」

「奥深い女だったらしい。その意味がわかるか」

「あ、はい」

「不知火が胸に秘めた思いを、お頭は感じ取ったのであろう。しかしどうあっても彼奴の罪は消えぬがな」

小夜は考え込む。

不知火こと小巻という女は、やはり混じり気のない母親そのものなのだ。頭のなかは半二郎のことしかないのであろう。盗賊火附改のお頭にそれだけのことをする以上、元に戻ることは考えてもいないはずだ。罪を引きずって逃げているなかで、伜恋しさが募る一方なのかも知れない。不憫《ふびん》だが、しかし誰にもどうすることもできない。倅の名を叫び、抱きしめたい一心に違いない。

小夜は切ない気持ちになって、どうしたと聞く熊坂を振り払うようにし、頭だけ下げて立ち去った。

九

日の暮れ近くに仙女屋へ戻り、小夜はお妙と共に奥の間でその日の化粧類の売れ高を調べていた。売れた品と代金を帳面につけ、不足の品を書き出す。

半二郎は店に出て顧客の相手をしている。

「お妙さん、おっ母さんの塩梅《あんばい》はどう？」

手を休めずに小夜が問うた。

「大分よくなったのよ。近頃は以前よりご飯を多く食べるようになったし、お天気のいい日は一人で外歩きもしているの」

「少し肩の荷が下りたわね」

「うん、そうなってくるとおっ母さんたら余計なことを言いだすの」

「なんて？」

「男はいないのか、早く所帯を持ちなって」

「いないの？　いい人」

「何言ってるの、今までそんな暇なかったじゃない、おっ母さんの世話に明け暮れてたんだから」

「あ、そっかあ」

「小夜さんはどうなの？　いい人」

「いませんよ、あたしなんかとても無理」

「どうして？」

「さあ、なぜかしら、男の人に目が行かないのね」

本当のところを言った。

「あたしと違って小夜さんは別嬪《べっぴん》さんじゃない。その気になったら二、三人すぐにひっかかるわよ」

「やめて、ひっかかるなんて言い方、ふしだらみたいよ」

「ふしだらだっていいのよ、いい人にさえめぐり合えれば」

「うーん、ふふふ」

小夜が笑って誤魔化《ごまか》すところへ、半二郎が入って来た。顧客が帰ったのだ。

「お茶を淹れとくれ」

お妙がすぐ茶の支度に取り掛かる。

小夜は浮かない顔の半二郎を訝《いぶか》って、

「どうしました、旦那さん」

「急にお君が辞めちまったんだ」

お妙が茶を差し出し、驚いて小夜と見交わして、

「どうしてですか。お君さんは家族が多くって、働きつづけていないとご飯が食べられないって言ってたんですよ」

「なぜだかわからないよ。辞めるに際しても本人はもう来なくて、使いの人が文《ふみ》を持って来ただけなんだ。それだってわけが書いてなくて、ただ辞めたいと」

お妙が憤然《ふんぜん》となって、

「そんな辞め方ないじゃないですか。長らくお世話になりましたって、旦那さんの前に三つ指突いて、今までのお礼を言わないことには本人だってすっきりしないと思いますよ。ンもう、そんな人だなんて思いませんでしたよ」

「うむ、まあしかし、それも初めてじゃないんだよねえ。お鈴だって急に辞めてったじゃないか。おまえたち二人、あたしに何か言いたいことがあったらはっきり言っとくれ。急に辞められると本当に困るんだよ」

小夜とお妙が異口同音《いくどうおん》に、旦那さんに不満なんてありませんと言った。

お鈴のことを言われると、小夜は申し訳ない気持ちになった。お鈴は盗賊火附改が陰で動いて辞めさせ、小夜がその後釜《あとがま》に座ったのだ。ではお君も誰か陰の力が動いたのか。そんな話は盗賊火附改からは聞いていない。

小夜は胸にさざ波の立つ思いがして、ひっかかってならなかった。

十

下谷車坂《したやくるまざか》にある安楽寺《あんらくじ》は見るからにおんぼろで、実入りというものがほとんどなく、明日をも知れぬ有様だった。

数家の檀家《だんか》は貧乏人ばかりで、お布施《ふせ》もわずかときて、屋根瓦は破損し、家壁は崩れ落ちている。木々も草も伸び放題で、井戸は涸《か》れたままだ。どう見ても幽霊寺なのである。住職は天海《てんかい》という今年五十になる生臭坊主で、実入りをなくしたのはすべて彼のせいなのである。前の住職の時は檀家も幾つかあったのだが、それを引き継いだ天海が、後家を手込めにして大騒ぎになり、寺社方が入って調べられた。

天海は懸命に惚《とぼ》け通し、なんとか首だけはつながったが、悪い噂が広まって訪れる人は途絶えた。

今では食うに困り、近隣の寺に忍び込んでは、お供え物やお賽銭《さいせん》を盗んで飢《う》えを凌《しの》いでいる。物乞い坊主になる寸前なのだ。

突如、そんな天海の窮状を救ってくれる人が現れた。

ある晩、かっぱらってきた焼き芋に貪《むさぼ》りついていると、大年増のきれいな女が風に運ばれたようにしてゆらりと入って来た。小粋な小袖姿で、酒徳利をぶら提げている。

そこは雨漏りのする本堂だ。

もしや天女様かと思い、天海はすぐに言葉が出ず、呆気《あっけ》にとられたように見ていると、女がにこやかに笑ってこう言った。

「ここに少しの間厄介になってもいいかえ」

「ええっ」

天海の喉から驚きの声が漏れた。それと同時に、久々に見る艶《あで》やかな女の肢体に思わずゴックンと生唾を呑んだ。

「そ、そりゃ構わぬが、どうしてまた……」

「ここが気に入ったのさ」

「嘘じゃろう、信じられんぞ」

「なら出て行くまでね」

「ま、待ちなさい、愚僧の目にはおまえさんは天女様にしか見えんがのう。人間かどうか確かめてみてもよいかな」

こんな寺へ来るとは正気とは思えず、何か曰《いわ》く因縁《いんねん》のある女に違いあるまいと、膝で這って近づき、天海は女体に触ろうとした。

その手がバシッと叩《たた》かれた。

「あたしに指一本触れたら命はないよ」

ドスの利いた女の声は場数を踏んだ大胆さを感じさせ、天海はとても歯が立つ相手ではないと思った。

立場はすぐに逆転し、その日から女が主になり、天海は仕える身になり下がった。なり下がっても天海は女が見てくれ、長らくの独居の寂しさを埋めてくれ、飲み食いの面倒も女が見てくれたからだ。むろん話し相手にもなってくれる。

名を尋ねると、女は「小巻」と名乗った。小巻は庫裏《くり》に閉じ籠もり、滅多に表に出ずに天海は買出しや使い走りをやらされた。しかし不平不満はまったくなかった。むしろこのまま女が住みついてくれることを願った。ある夜、天海は庫裏を覗きに行き、背を向けて横になっている小巻の肢体を見てむらむらっときた。むっちりした腰の辺りが天海を誘っているように思われ、矢も楯もたまらず襲いかかろうとした。たちまち小巻がはね起き、躰を反転させて天海の喉に匕首を突きつけた。そのすばやさに、天海は殺されると思って絶叫を上げた。

それ以来、小巻と契《ちぎ》りを交わすことは諦めることにした。

またある夜、夜更けて静かに泣く女の声に起こされ、天海が何事かと小巻の庫裏へ行くと、彼女は酒を飲みながらさめざめと泣いていた。

「この世のはかなさを嘆いておられるのか」

天海がやさしく声を掛けると、小巻が黙って茶碗酒を差し出した。礼を言いながら天海は馳走になる。小巻は取り繕うこともなく、泣きつづけている。

天海は困り果てた。

小巻がまた酒を飲み、天海を正視した。

「やい、愚僧」

いつもの呼び名だ。

「は、はい」

「子供を持ったことはあるかえ」

「わしゃどうやら種なしかぼちゃのようで、せっせと作ろうとしたんじゃが、遂にこの年まで授からなんだ」

小巻は聞いているのかいないのか、沈んだ様子で一点を凝視している。

「もしやわしとの間の子が欲しくなったのかな。あ、いやいや、そんなことはあるまいのう。おたがいにもうその盛りは過ぎておるでな、ははは」

天海の笑みはすぐに引っ込んだ。

小巻が苦しそうな顔で、無理に酒を飲もうとしているからだ。

「もうやめなされ、酒は楽しく飲むものであろうが」

「罪の酒なんだよ、あたしのは」

「そんなに罪深いのかね」

「酒で罪が洗われるんならいいけど、そうはゆかないだろう。辛いよねえ、おい、愚僧」

「はい」

その晩の小巻は泪《なみだ》が止まらず、いつまでも女々《めめ》しくて天海は往生《おうじょう》した。

また別の晩には陽気な酒となり、天海に向かって飲めや歌えと言うので、怖いから言う通りにすると、小巻は急に暗い顔になり、いい加減にやめろと言った。

その日によって小巻の気分は烈《はげ》しく変化するので、天海はついて行けないと思った。しかしなんとなく小巻という女の心情がわかるような気がして、憎めなかった。きっと人に言えない昔でもあって、そこからくる悲しみなのだろうと勝手に解釈し、もう余計な詮索はすまいと心に決めた。


その日の朝も食べ物の買出しを小巻から命じられ、天海は笊《ざる》を小脇に抱えていそいそと寺を出た。銭はいつも多めにくれるから、ふところは大分潤《うるお》っていた。

車坂は寺町で、大小の寺々が蝟集《いしゅう》しているので人通りは少なく、ひっそりとしている。少し歩くうちに異変に気づいた。

木々伝いに何人かの黒羽織の侍が、天海を追っているのだ。

気味が悪くなって急ぎ足になった。

その前に、いきなり強面《こわもて》の侍が立った。

「あうっ」

天海が驚いて立ち竦《すく》む。

強面の侍は中年で威圧感があり、天海は怖ろしくて縮こまった。

「これ、くそ坊主、おまえの所に女が居候しておろう」

強面は情け容赦のない目をして、天海を射竦《いすく》める。嘘の通じない相手と見た。いつしか配下らしい黒羽織が五人、殺気をみなぎらせて取り囲んでいた。

「はい、確かに」

「女の名は」

「小巻さんといいます」

「案内しろ」

「どうするのですか、小巻さんに何があったのですか。あの人は悪い人ではないですぞ」

天海の顔面に鉄拳《てっけん》が叩き込まれた。鼻血が噴き出す。よろけて倒れるも、天海は必死で起き上がって強面に取りつき、

「お手前方は何者なのですか。愚僧はくそ坊主かも知れませぬが、これでも僧籍にある身です。無慈悲《むじひ》なことをなされるなら寺社方に訴えますぞ」

強面は今度は天海の腹を殴り、呻いてうずくまるのへ言葉を浴びせた。

「わしは勘定方伺方監査役神崎大内蔵、くそ坊主、お役の邪魔を致すなら斬り捨てるぞ」

「うはあっ」

天海が怖れおののいてへたり込んだ。

無数の足音が聞こえてきて、小巻はすぐに追手と察知し、手早く身繕いをして庫裏から飛び出した。

朽《く》ちた土塀の向こうに、神崎大内蔵と配下の五人が天海をつまみ上げ、こっちへ来る姿が見えた。

それを険《けわ》しい目で突き刺しておき、小巻は履物を帯の間に挟み込み、素足で庭へ下りるや一気に走った。

一団が山門から庭へ入って来た時には、小巻は消えていた。

その夜遅く、また独りになった天海が煎餅《せんべい》布団にくるまって本堂で寝ていると、風のように小巻が現れた。

「小巻さん、無事だったのか」

天海は歓喜して起き上がった。

「昼間の奴ら、なんて言っていた。名乗ったのかい」

天海がうなずき、

「名乗ったとも、勘定方伺方監査役神崎大内蔵、そう申したわ。心当たりがあるのかね」

「あるものか、そんな奴らに。でもなんとなく察しはつくよ」

「どんな察しだ」

「愚僧は何も知らなくていいんだよ。下手に首を突っ込むと命がなくなるからね」

「それは堪忍《かんにん》じゃな」

「やい、愚僧、世話になったね。有難うよ。あたしとおまえさんは今宵限りとする。それも言いたかったんだ」

小巻は財布から小判数枚を取り出し、天海に握らせて、

「これで当座は食えるだろ。いいかえ、あたしなんぞに言われたくないだろうけど、ちゃんと坊主のお役目を果たすんだよ」

「わかった、ちゃんとする。し、しかし本当に行ってしまうのか。ずっとここにいても愚僧の方は構わんのだぞ」

「うふっ、なんにでも汐時《しおどき》ってものがあるのさ。おまえさんのこと、忘れないからね」

言い残し、小巻はすばやく出て言った。

天海はそれを泣きっ面で見送った。

「畜生《ちくしょう》、いい女だったのによう……」

十一

小夜が行商から戻って来ると、仙女屋の店に人はなく、奥から笑い声が聞こえてきた。半二郎とお妙が談笑しているのかと思い、上がって行くと、奥の間に見知らぬ娘が座していた。質素な身装だが、抜けるような色白で、女狐《めぎつね》のような顔をしている。

それが半二郎、お妙と話しているのだ。

「旦那さん、只今《ただいま》帰りました」

小夜が荷を下ろしながら言うと、半二郎は「ご苦労さん」と言って手招き、娘を引き合わせた。

「新しく入ったお初《はつ》さんだよ」

早くもお君の後釜が見つかったのだ。

「お初と申します。よろしくお願いします」

お初は如何にも純朴そうな娘で、小夜に向かって丁寧に挨拶をする。

「こちらこそ」

そう言いながらふっと視線が重なった。

その時、小夜はなんとも言えぬ違和感を持った。というより、形になっていない疑惑のようなものだ。しかしはっきりした根拠は何もない。お初は小夜と同年齢ほどで、愛くるしい顔つきをして、どこにも罪などないように見える。

小夜は心の蓋《ふた》を閉じた。

（この娘は迎え入れられない。油断はできない。何かしら罪の臭いさえするのは考え過ぎなのかしら）

お初は本所《ほんじょ》に住んでいて、ここいらは不案内なので、界隈を教えるつもりで半二郎はお初を連れて出て行った。

小夜は気になって、お妙に問うた。

「ねっ、お妙さん、どういう筋の娘なの」

「あたしもよく知らないのよ」

「だって旦那さん、まだ口入れ屋にも行ってないでしょ」

「あの娘の方から客で来て、話すうちに気が合ったって旦那さんは言うのね。そうは言ってもお見合いじゃあるまいし、変な話じゃない。旦那さんも旦那さんよ、あたしたちになんの相談もなしで決めちゃうんだから」

「まっ、相談なんかいいわよ、ここは旦那さんのお店なんだし。でも何かすっきりしないわねえ」

「小夜さんもそう思う？　あたしもなの。あの娘はここには合わないような気がするわ」

お妙が正直なところを言った。

お妙もお君も会った時から違和感など感じなかった。しかしお初は違うのだ。どこか別の所から来た娘のように思える。それともお初にはなんぞ魂胆《こんたん》でもあるのか。二律背反《にりつはいはん》する立場の小夜としては、受け入れることがなんとも難しいところだ。

夕方近くになって仙女屋が仕舞いとなり、小夜は店を出て浅草へ向かった。仙女屋に潜り込んでいるわけだから、住居はあくまで浅草上平右衛門町の地蔵長屋だ。

浅草橋を渡ろうとしていると、背後から人が近づいて来るのがわかった。

振り返ると、それはお初だった。小さな風呂敷包みを手にして、すでに帰り支度になっている。

「あたしに何か用？」

やや硬い表情で小夜が言った。

お初はにこやかな笑みを浮かべ、

「お近づきの印しに」

「なあに」

「どこかでご飯でもと思って」

予想もしないことを言われ、小夜はまごついた。どうしたらよいのかわからなくなる。

「え、でも今日会ったばかりだし……なんぞ話でもあるのかしら」

「だって小夜さんて只者じゃないでしょ」

小夜はドキッとした。一瞬、正体を知られたのかと思った。そんなはずはないと考え直し、挑発されているのではと心で身構えた。

「言っている意味がわからないわ」

「だってお妙さんとは違うわよね」

店での態度と違って、お初は妙に馴れ馴れしい。

小夜は俄然《がぜん》、負けじ魂が首を擡《もた》げてきた。こんな小娘に押しまくられてなるものかと、反撥心《はんぱつしん》が湧いてくる。

「ええ、お妙さんとは違うわ。化粧品を売る腕はあたしの方が上よ」

本当は小夜とお妙の腕前は互角なのだが、そっちへ話を向けようとした。

「だと思った。あたしも奉公が決まってやる気になっているの。だから小夜さんから商いのこつでも教わろうかと」

「結構な心掛けね、ついてらっしゃい」

そぞろ歩いて、瓦町《かわらまち》の古びた一膳飯屋へ入った。

刻限が早いからまだ店は空《す》いていて、女二人の組み合わせなので気が引け、なるべく人目に触れないようにと、奥の小上がりに向き合って座した。

顔を出した亭主に小夜が飯を頼もうとしていると、お初が酒を註文した。

「あら、お酒飲むの？」

小夜が驚いたようにお初を見て言う。

「仕事帰りなんだから飲みましょうよ。ちょっと嫌なことがあって、そんな気分なのね」

「どんなことがあったの」

「まっ、いいじゃありませんか」

酒と肴《さかな》が出て、お初は酒を飲む。

小夜もつき合った。

「嫌なことって、なあに」

小夜がまた聞いた。

「旦那さんの半二郎さんよ」

「どうかしたの、旦那さんが」

「あたしの長屋を詳しく聞くから、どうしたのかなって思ったら、夜に行っていいかって言うのよ」

「そんな、旦那さんはそんな人じゃないわ」

小夜は信じられない思いだ。

「ううん、そんな人よ」

「………」

「男ってみんなそう、若い娘の躰が目当てなのね。小夜さんは何もされなかった？」

答える気もなく、小夜は黙って飲む。半二郎のことを信じる信じないは別として、やはりこの娘には何か魂胆がある。初日にいきなりこんな打ち明け話をするなんて、どうかしていると思った。しかもそれをなぜ自分に言うのか。ますます油断のならない相手だと思った。

「話は違うけど、あんたこの仕事の前は何をしていたの。偶然仙女屋に来て、旦那さんと気が合ったってお妙さんから聞いたけど」

「そうよ、気が合ったわ。化粧品も安くしてくれるって言うし、いい旦那さんだと思ったの」

「どうするの、これから」

「ちゃんと奉公はつづけるわよ」

「よくわからない人ね、あなたが何を考えているのか面食らうばかりだわ」

「うふン、それくらいでいいんじゃない」

謎めいた笑みで、お初はキュッと酒を飲み干した。

職人の一団が賑やかに入って来て、二人の会話は中断された。

「ほかへ行きませんか、いい店知ってるんですよ」

お初の誘いを断り、小夜は銭を置いて店を出た。逃げるように足早になる。少し行って物陰から覗くと、お初は後も見ずに立ち去った。

十二

熊坂が牛込榎町《うしごめえのきちょう》の役所の長屋門を出たところで、願人坊主《がんにんぼうず》のように薄汚れた坊主に呼び止められた。托鉢中《たくはっちゅう》らしき天海で、墨染《すみぞめ》の衣を着て、網代笠《あじろがさ》を被っている。

「あの、もし、ここのお役人かね」

半分逃げ腰のような体勢で天海が言う。

「何者だ」

「下谷車坂安楽寺住職の天海と申します。近頃は大分涼しくなりましたなあ」

のんきなことを言う天海に、熊坂は苛立《いらだ》ちを浮かべ、

「先を急いでいる。用件のみ申せ」

「そこいらに貼りつけてある女賊不知火の人相書を見たんじゃが」

熊坂が鋭く反応して、

「それがどうした」

「あれは絵が下手じゃ。実物はもっときれいじゃよ」

熊坂は天海の胸ぐらを取り、

「不知火に会ったのか」

「会ったも何も、暫《しばら》く愚僧の所に厄介になっておった。名は小巻、不知火であるとは知らなかった」

「今はどうした」

「追手が掛かっていずこかへ行ってしもうたんじゃよ。愚僧としてはそれが残念でのう」

熊坂は天海を強引に引き連れ、近くの掛茶屋へ行くと、そこで天海を床几《しょうぎ》に座らせ、

「追手とはどんな連中だ」

「向こうが名乗ったので憶《おぼ》えておるぞ」

「それを申せ」

「只では、ちと……」

抜け目なく熊坂の顔を下から窺《うかが》った。

熊坂が舌打ちし、財布から銭を取り出して天海に与え、

「教えてくれ」

「勘定方伺方監査役神崎大内蔵、そう申しておった」

「そ奴らが不知火を追っていたと申すか」

天海がうなずき、

「嫌な奴らでの、あんなのに小巻さんが捕まったら何をされるかわかったものではない。それで盗賊改殿に知らせようと思うたんじゃよ」

「その話、誰にも申しておらんな」

「はい、あなた様が初めてで。しかしよかった、愚僧にご喜捨《きしゃ》を頂けたでの」

手のなかの銭を見せ、満面の笑みを浮かべて感謝の意を表した。

「口外は無用にしてくれ。よくぞ知らせてくれた、礼を申す」

熊坂が役所へ引き返し、彦左を探しまくるも、どこにもいない。小者が言うには、ついさっきお一人で出掛けられ、帰りは夜になるとのことだ。

「お頭、肝心な時に……」

カリカリとなって苛《いら》ついた。

十三

牛込の江戸川沿いに馬場があり、その一角にちまちまとした居酒屋が数軒並んでいた。

牛込はほとんどが武家地で、盛り場があるわけではないので、夜ともなると賑わいなどはなく、紅燈《こうとう》さえもどこか侘《わび》しい。それでも酌婦を置いている所はまだましで、金のない若侍がとぐろを巻いている。

そんななかの一軒の居酒屋で、彦左は独り酒を飲んでいた。他に客の姿はない。亭主は老いぼれで、店奥で勝手に酒を舐《な》めている。酌婦などいないから、滅多に客は来ない。こういう店の方が彦左は好きなのだ。

油障子が静かに開けられ、ひゅうっと風が吹き込んできた。

なんとはなしに振り返った彦左の目に、光が差した。

黒っぽい着物を着た小巻が、紫色の絹布で面体を隠して入って来たのだ。

「やっぱりな。来るんじゃねえかと思ってたぜ。どうせおれの立ち廻り先は突きとめてあるんだろ」

小巻は何も言わずに彦左の近くに寄って来ると、被っている絹布を取り外し、隣りの床几に掛けた。

「よっ、親父、二、三本持ってきてくんな」

旧知の友にでも出会ったように、彦左の声が弾んでいる。

亭主が「へい、へい」と答えて酒の支度を始めた。

彦左は近くから盃《さかずき》を取り寄せ、自分の酒を小巻に差し出し、

「酒は強えのかい、姐《ねえ》さんは」

それには答えず、小巻はキュッと飲み干して、

「あたしの見込んだだけのことはあるね」

「おれのことか」

小巻が目顔でうなずく。

「どう見込んだんだ」

「酸《す》いも甘いも嚙み分けてるじゃないか、こん畜生と思ったよ」

彦左はそう言われるのが好みらしく、満更《まんざら》でもない顔になって、

「まあな、江戸育ちのさむれえってなみんなこうよ。くそ真面目《まじめ》ってのがでえ嫌《きれ》えなんだな」

「みんながみんなそうじゃないさ。人によっちゃゲジゲジみたいなのがいる。おまえさんはいい方よ、だから見込んだんだ」

亭主が酒を盆に載せてやって来て、

「旦那も隅に置けないねえ、こんな別嬪の姐さんどこでひっかけたんだい」

「それが憶えがねえのさ。どこでひっかけたんだっけ?」

小巻に聞いた。

知らん顔のまま、小巻は手酌で酒を飲んでいる。

「何しに来やがった、今度会う時ゃふん縛るとおれぁ勝手に決めてたんだぜ」

彦左が小声で言った。

「そいつぁもう少し待っとくれな」

押し殺した声で小巻は答える。

「あとどれくれえだ」

「さあ、そう言われたって、こっちにだって都合ってものが」

のらりくらりの返答だ。

「なんとかしてくれよ、こっちは躍起ンなってるんだぜ」

「重々わかってますよ、昼日中はどこの町も歩けないもの。手を弛めてくれって言ったのにさ」

「なんでおめえの言うことを聞かなくちゃならねえ、盗っ人の味方をするつもりはねえんだぞ」

「捕まる時はおまえさんの手で。そう思ってるから安心おしな」

「泣かせるね、そいつぁ。だったらよ、今宵は何しに来たんだ」

「あたしを追いかけてる勘定方の役人がいてね、そいつらが目障《めざわ》りなんだ」

「勘定方伺方監査役神崎大内蔵だな」

「えっ、どこでそれを」

「おめえを世話した安楽寺の坊主が、そのことを知らせに来た。そんな奴らに捕まって貰いたくねえんだと。人相書にもケチをつけてたみてえだ。実物はもっときれいだとぬかしてたらしいぜ」

彦左の軽口に笑わず、小巻は盃を伏せて、

「あたしが間違っていた。そんな奴らは自分でケリをつけなきゃいけないんだよ」

「奴らはあれだろ、たぶん三国屋と一緒におめえに殺された山林方の役人どもの、その上役だろ。そんなのが下役の仇討《あだうち》をするとは思えねえから、違う魂胆があるんだろうぜ。たとえばどっかに漁夫の利はねえかとかな」

「うん、そうね」

彦左は小巻にぐいっと顔を寄せ、

「奴らは放っときゃいい。おれの目障りンなったら蹴散らしてやらあ。それより不知火、もっとでえじな話がある」

小巻が表情を引き締めて彦左を見た。

のかい」

「おい、どうなんだ、伜にゃいつ会う。母子の再会を果たすつもりなんじゃなかった

「そ、それは……」

小巻は動揺し、口籠もる。

「そいつをやらねえでいつまでも逃げてるんじゃねえぞ。仏の顔も三度までって言うだろうが」

「……」

「伜に会いたくても会えねえってんなら、こっちで手筈《てはず》を整えてやってもいい。はっきりしろい」

「……」

小巻が腹を括《くく》り、決意の顔を上げた。

「わかった。今の旦那のお言葉でふんぎりがついたよ。堅気の伜を思いやってばかりで、迷いに迷っていたのさ。旦那がそうしてくれるってんなら、甘えていいかえ」

縋《すが》るような目を向けてきた。

彦左は得たりとなってうなずき、

「おう、そうこなくっちゃいけねえ、任せてくんな」

席を立つ小巻の手を、彦左が捉《とら》えた。

「待ちな、でえじな話はこれからだ」

「まだ何か」

「まっ、座れよ」

彦左に命じられ、小巻は元の席に座す。

「おめえのこれまでを聞いておきてえ。そんな機会はなかなかねえからな。かい摘《つま》んで聞かせろ」

小巻は伏せた盃にまた酒を注《つ》ぎ、覚悟をつけるように飲んで、

「あたしの在所は野州鹿沼《かぬま》で、庄屋の娘だった。蝶よ花よで育てられたんだけど、不運に見舞われてね、あたしの周りで立て続けに人が死んだのさ。なぜかそいつがみんなあたしのせいにされて、村にいらんなくなっちまった。死人がつづいたのはあたしとは無関係だったんだ、本当だよ。でも好き勝手をやっていたわがまま娘だったことも確かさ。そうなるってえと狭い村ンなかじゃやってらんなくなる。それで身ひとつで国を捨てて、江戸を目指した。初めは浅草の方で寺子屋の女師匠をやってたんだけど、そこでもご難つづきでさ、細かいことは省くけど、そんななかであたしを救ってくれる人が現れた」

「わかった、そいつが倅半二郎の父親なんだな」

「うん、それで半二郎を授かったんだけど、幸せな日々はそう長くはつづかなかった。その人は実はとんでもない悪党だった。昼は堅気面していながら、夜ンなると騙《かた》りに豹変《ひょうへん》するんだ。人に甘い話を持ちかけては金品を騙し取るのさ。暫くしてそれがわかったけど、もう後の祭りさね。あたしはいつの間にか騙りの手伝いをするようになって、泥沼に嵌《は》まっちまった。気がついた時はもう首までとっぷりだった」

「その男とはどうしたんだ」

「聞きたいかえ」

「ああ、聞きてえな」

「あたしがこの手で始末をした。悪行を食い止めるにはそれしかなかった。その後子供を抱えて世渡りをつづけたよ。盗っ人になって悪名を馳せるようになって、いっぱしになっちまったのさ。そうなる少し前に、半二郎が十の時にさる人に預けた。預けたつもりが倅はすっかりその人になついちまって、あたしの入る場所はなくなっちまった。てえか、その人に断られたんだ。半二郎はあたしといる限りろくなことはない。だから子供はなかったものと思いなって言われた」

「その人ってな、名のある人なのか」

「ううん、只の小間物屋よ。あたしの正体を何もかも知りながら、十余年の間半二郎を育てて、去年に亡くなった。それからだよ、半二郎は習い覚えた小間物売りから始めて、こつこつやって店を持つようになった。陰ながらそれを見て、あたしゃ嬉しかったねえ」

そう言いながら、小巻は一雫《ひとしずく》の泪を指先で拭い、

「たったひとつあたしが自慢できることといったら、半二郎さ。だから旦那、あいつの目の前であたしに縄を打つのだけはやめて貰いたいんだ」

「それほどおれぁ無慈悲じゃねえぜ、けどよう、けどなあ」

言葉を途切れさせ、彦左は苦しい顔になって酒を呷《あお》ると、

「ああっ」

呻くような声を発して顔を伏せた。

「どうしたのさ」

「ずっと昔におれと知り合っていたらなあ」

「あたしの不運を止められたかい」

「おうともよ、おめえのことを存分に可愛がってやれたかも知れねえぜ」

小巻がうろたえる。

「あ、いえ、旦那、何を言いだすのさ。よしとくれな」

「ははは、そうだな、すまねえ」

小巻は静かに席を立つと、

「旦那、さっきの話だけど、本当に甘えていいんだね」

彦左は顔を伏せたままで、何も言わずに小巻の手を取って握りしめた。

十四

日が暮れて仙女屋が仕舞いとなり、小夜はお妙と共に帰りかけ、途中で別れて店へ引き返した。

彦左から大事な用件を頼まれ、それを半二郎に言うつもりで戻って来たのだ。だが店の近くまで来て、ふっと歩を止めた。

灯の消された家のなかから、半二郎とお初が連れ立って出て来たのだ。確かお初は小夜とお妙が帰る前に店を出たはずだった。小夜とおなじようにまた戻って来たのか。

悪い予感がした。お初が半二郎に何か魂胆ありと、思った。

お初は快活な様子で半二郎に話しかけながら、隠れている小夜の前を通って行く。

小夜は二人の尾行を始めた。

彦左から言われたこととは、半二郎に小夜の正体を明かし、ある所まで連れて来てくれというものだった。

そこには小巻が待っているのだが、その件は半二郎に言うなと口止めされていた。

二人は人けのない河岸沿いに行く。

「話ってなんだい、お初や。あたしは今日は棚卸《たなおろ》しをしたいんだ。どこまで行くつもりだね」

「もう少しですよ」

「ここで言えないのか」

「じゃ言いましょうか」

「そうしておくれ」

「小夜さんがね、言い触らしてるんですよ。言い触らすったって、あたしとお妙さんにだけですけどね」

秘密の話を愉《たの》しむかのように、お初は忍び笑いをしている。

「何を」

「小夜さん、旦那さんに言い寄られて困ってるって」

小夜が目を険しくした。お初はありもしないことを言うのが癖なのか。旦那さんに口説《くど》かれた話も、きっとでっち上げに違いない。

「馬鹿馬鹿しい。そんなこと考えたこともないよ。どうして小夜は作り話をするんだい」

「さあ、あの人の気持ちはわかりませんね」

「話はそれだけかい、だったら店へ戻るよ」

お初は半二郎の前にすばやく廻って、

「旦那さんはあたしのこと嫌いですか」

「また何を言いだすんだい、いい加減にしてくれないか。今夜はお帰り」

半二郎が背を向けて歩きだすと、お初の表情が一変した。ギラッと光る匕首を帯の間から抜き放ち、襲いかかったのだ。

「あっ、何をする」

すんでのところで危うく身を引き、半二郎がお初と対峙《たいじ》した。

「おまえはどういう娘なんだ、主を手に掛けようってのかね。わけを言いなさい」

「はなっからそいつが狙いさね。お君を辞めさせたのも、あたしが旦那さんに近づいて命を奪う魂胆だったのよ」

「なんだって、なぜおまえが」

「自分の胸に聞いてご覧な。人に怨まれるだけのことはしてるんだろうが」

お初が刃先を向けてじりじり迫り、半二郎は河岸の縁《ふち》に追い詰められた。

そこへ小夜が猛然と飛び込んで来た。横合いからお初の匕首を奪い取り、半二郎を庇い、

「あんた、人殺しの仲間だったのね。どうもうさん臭いと思っていたわ。親玉はどこにいるの」

「畜生、このくそ阿魔《あま》」

お初が小夜に突進した。

それを受け止め、小夜はお初と揉《も》み合い、突き倒した。平手打ちを何度も見舞わせる。

半二郎は茫然《ぼうぜん》と立って見ている。

するとそこへ無数の足音が聞こえてきて、二人の間に割って入ったのは熊坂だった。

捕縄を手にした猪之吉と、差口奉公人の何人かがたちまちお初を縛り上げた。

「よくやった、小夜」

熊坂が小夜に言った。

「いえ、はい、あたしもこの娘がまさか殺し屋とは思いもよりませんでした」

「拷問にかけてじっくり白状させてやる。小夜、おまえは例の所へ行ってくれ」

「承知しました」

熊坂らがお初を引っ立てて行く。

「あたしは何も喋《しゃべ》らないわよ、あんたたちの見当違いなのよ」

「ああ、わかってる。みんなそう言うんだ」

熊坂が言いながら一団と共に去ると、小夜は半二郎に頭を下げた。

「一緒に来てくれますか、旦那さん」

「いったい何がどうなっているのか、さっぱりわからないよ」

「実はあたし、小間物売りは仮の姿でして、本当は盗賊火附改の手伝いをしています」

「ええっ、なんだって」

「話は道々、さっ、参りましょう」

十五

音羽町の家では、世之介と小文太が密談を交わしていた。

「もうじきあたしの手先がここへ来ますよ、若旦那。直《じか》に首尾を聞いて下さいまし」

若衆髷の前髪を揺らせ、世之介が言う。

「楽しみだよ、し損じはあるまいね」

「あたしの抱える手先のなかにそんなドジは一人もいませんよ。百発百中なんですから」

「そりゃ頼もしい。だったら次のもお願いしていいかね」

「それを聞くのを待ってました」

「実はね、二番番頭の利吉ってのがいて、こいつが店を牛耳《ぎゅうじ》っていてやり難いったらないんだよ。近頃じゃあたしを帰り新参扱いして意見をするんだ。我慢がならないよ」

「お腹立ちはごもっともです。誰だって一番上に立ちたいものですからねえ。もしかしたら若旦那が帰った後に、ここへ利吉さんが来るかも知れません」

「ほほほ、そんなことになったら猿芝居もいいとこだ。ならば先手必勝といこうかねえ」

「へっ、お引き受け致しやした」

勝手戸の開く音がし、世之介がふっと北叟《ほくそ》笑《え》み、

「手先が来ましたよ、お会いなすって下さいまし」

「いいだろう」

唐紙がそっと開いて、お初が土気色の顔を覗かせた。別人のような雰囲気だ。熊坂らをここまで案内し、もし危険を知らせたりしたら直《ただ》ちに斬り捨てにすると脅されていた。

「お初、首尾はどうだった」

世之介が言っても、お初は怯《おび》えた目で黙って突っ立っている。

「こんな若い娘が殺し屋だとは驚きじゃないか。意表を衝かれたよ」

「さあ、お初、こっちへ来て酒の相手でもしないか」

世之介にうながされ、お初はしずしずと入って来て二人の前に座した。だが小文太が盃を取って酌を頼んでも、動きがない。

「世之介さん、変わった人だね。口が利けないのかえ」

「いえ、そんなことは。おい、お初、どうしちまったんだ」

「もうおしまいですよ」

世之介の顔色が変わった。

「何を言ってるんだ、おまえは。不知火をおびき出すため、半二郎を仕留めたんだろう」

「半二郎はピンピンしてます、もうしまいなんです」

「おい、世之介さん、ちょっとヤバくないかい」

小文太が色めき立ち、腰を浮かした。

そこへ熊坂を先頭に、猪之吉と差口奉公人の何人かがドッと荒々しく踏み込んで来た。

「やっ、くそっ」

罵《ののし》って匕首を振り廻す世之介に、男たちが群がって捕縛する。逃げ場を失った小文太もお縄になった。

「な、なんであたしが。この世之介とは関わりないんだ」

叫ぶ小文太の頬を、熊坂がぶん殴った。

「往生際が悪いぞ、この馬鹿旦那めが」

お初が突如、狂おしい声で笑った。

「みんなおしまい、これでおしまいなのよ」

十六

彦左が指定したある所とは、築地《つきじ》にある松平家の別邸であった。八百坪の豪壮な屋敷である。

小夜が半二郎を伴って長廊下を来ると、煌々《こうこう》と火の灯《とも》った奥の間へ入って来た。

そこには彦左と小巻が座して待っていた。

「お連れしました」

小夜はそう言って、座敷の隅へ行って畏《かしこ》まる。

小巻を見ても半二郎は驚きは見せず、こんな時がくる覚悟でもつけていたのか、ひっそりと向かいに座した。

「仙女屋半二郎、おれぁ盗賊火附改の松平彦左衛門だ。ここにいるなおめえのおっ母さんだ。わかるな」

彦左の言葉に、半二郎は臆することなく、

「へえ、それは……何かのお間違いでは」

「間違いだと」

彦左の眉がぴくりと動いた。

「あたくしの母親はとうの昔に亡くなっております。顔を見たこともございませんので」

彦左が小巻を見た。小巻は辛そうに目を伏せている。次いで彦左は小夜と視線を交わしておき、

「そうかい、おっ母さんは死んじまったのかい。だったらここにいるなあ、いってえ誰なんだい」

「知らない人です」

表情を変えずに半二郎は言う。

「けどこの人はおめえのことを伜だと思ってるぜ」

「いいえ」

静寂を破って小巻の声が響いた。その顔が苦しそうに歪《ゆが》んでいる。

「そんなこと思ってません、あたしに伜なんていないんです」

「おいおい、ちょっと待てよ、それじゃとんだ茶番になっちまわあ。おれの立場はどうなるんでえ」

「それは後ほど謝りますけど、この人がそうじゃないって言ってるんですから、きっ

とそうなんですよ。引き取らせて貰えませんか」

「そうはいかねえよ。おめえは八百八町に悪名を轟《とどろ》かせた盗っ人の不知火なんだぞ。引き取ってどこ行こうってんだ。おめえの行く先は鈴ヶ森だろうが」

「はい、それじゃここでお縄につきます」

小巻の言葉に耳を貸さず、彦左は半二郎を正視すると、

「やい、半二郎、本心を見せろ」

半二郎は押し黙り、うつむく。躰のどこかが震えている。

「母子でもねえ二人を引き合わせたって面白くもなんともねえやな。そんな趣味は持ち合わせてねえぜ。おめえ、おっ母さんが不知火だってことは知っていたのか。そこんところをよ、はっきりさせろい」

「は、はい」

半二郎は微《かす》かに動揺している。

「どうなんだ」

彦左に問い詰められ、半二郎は青い顔になってうなだれる。またしても沈黙だ。

「小夜、おめえだったらどうする」

「え、あ、どうと言いますと？」

急にふられて小夜は狼狽《ろうばい》する。

「実の母親が大盗っ人だってわかった時、おめえだったらどうするかと聞いてるんだよ」

小夜はすぐに言葉が見つからず、烈しく困惑している。

「なんだよ、おめえまで黙《だ》んまりか」

「お、お頭様、あたしだったら……」

「おめえだったら？」

「半二郎さんとおんなじだと思います。今ここではいそうですとは言えません。だってふつうのおっ母さんじゃないんですから」

「そうなんだよなあ、尋常なおっ母さんじゃねえんだよなあ」

そこで彦左は慈愛の籠もった目で半二郎を見て、

「けどな、半二郎、この人だって盗っ人になりたくてなったわけじゃねえ。いろいろとめぐり合わせが悪かったのさ。そんななかでおめえを手放したな、何より伜が可愛かったからだ。盗っ人の子にしたくなかったからに決まってんじゃねえか。そこんところ、怨んでるとしたらおめえは間違ってるぜ。さっさと心を開けよ」

「いえ、その……」

「なんだ、はっきりもの申せ」

「怨んでなんかいません。誓って言います。おっ母さんが悪い道へ入ってったのは、ひとえに運が悪かったと。そう思ってます」

「なんでえ、やっと認めたな、おめえ。ここにゃ聞かれちゃまずい人は一人もいねえ。母子の名乗りをしなよ」

「それはできません」

「なんだと」

「この人をおっ母さんと認めたら、ここまでやってきたものが崩れちまうような……」

「そんなことあるもんかよ、水臭えこと言うもんじゃねえ。おっ母さんと泣いて縋ったらいいじゃねえか。この野郎、どういう教えを受けてるんだ」

「そこのお人」

半二郎が小巻を見て言った。

小巻は襟《えり》を正す。

「あたしとおまえさんはこっち側と向こう側にいて、その間には暗くて深い血の河が流れているんです。何度もそっちへ行こうとしましたができませんでした。今ここで飛び越すことは叶《かな》わないんです。ですからこのままお別れした方が」

小巻は悲しみに身を揉むようにして、

「うん、うん、そうね、その通りね。あたしの方からもそっちへは行けないわ。昔は母子みたいな時もあったかも知れないけど、今は違うのね。あたしは人でなしになっちまったから」

「もう会うこともないと思いますが、どうかお達者で」

表情を崩さず、半二郎はそれだけ言う。

「有難う」

うちひしがれ、小巻は小さくなったように見えた。

彦左は太い息を吐くと、

「わかった、もういいぜ。今宵はこれで幕引きとしよう。半二郎、けえんな」

「はい、失礼を致します」

半二郎が叩頭《こうとう》し、引き上げて行った。

彦左がうながし、小夜が後を追って行く。彦左と小巻の二人だけになった。

「つれえな、小巻」

「旦那、本当に有難うございました。これでようやっと仕置場に行けます」

泣き濡れた顔を上げ、小巻が言った。

彦左は急に不機嫌になる。

「畜生め、おめえ、なんだって無益な殺生をしたんでえ。それがなきゃなんとかしてやれたのによ」

「旦那のお情けはもう充分ですよ。参りましょうか」

「うん、そうだな」

二人が同時に立ち上がり、たがいをいたわり合い、まるで道行きのようにして歩きだした。

十七

河岸の道を歩いて来た半二郎の口から、突如嗚咽《おえつ》が漏れ出た。柳の木につかまり、泣き崩れる。

小夜は何も言わず、そっとやさしい目で見守っている。

「小夜、あたしは親不孝者なんだ。あんないいおっ母さんを知らない人だなんて、よくも言えたもんだ。この胸が張り裂けそうだよ」

小夜は掛ける言葉に困りながら、

「親不孝なんかじゃありませんよ、旦那さんは。ずっとおっ母さんのことを考えていたんでしょ」

「忘れたことなんて一度もなかった。これがあたしの宿命だと思いながらも、いつだってそれに逆らってやろうと。おっ母さんと二人でどっかへ行こうってどれだけ考えたか。誰も知らない所で、おっ母さんと暮らしたかったんだ」

小夜は半二郎の背中を撫《な》でさすり、

「行きましょ、旦那さん。今日はつき合いますよ。お店へ戻って飲み明かしたら気が晴れるかも知れません」

「ううっ、おまえ、やさしいんだね」

小夜に支えられながら、半二郎が蹌踉と歩きだした。

そこへ黒い影が六人、殺気立って駆けつけて来た。兇雲を背負っているように見える。神崎大内蔵と配下の五人だ。

「仙女屋半二郎であるな」

半二郎は手拭いで泪を拭い、怯えた目で見廻すと、

「お侍様方はどなたですか」

「われら勘定方の者だ。おまえは盗っ人不知火の伜であろう。調べはついている。捕えて不知火の居場所を吐かせてやる」

小夜がサッと半二郎を庇い、

「愚か過ぎませんか、おまえさんたち。この人は堅気の小間物屋さんなんですよ。言い掛かりをつけて何をしようってんです。それでも天下の勘定方なんですか」

決死の形相になって言い放った。

「小娘は黙っていろ。不知火には三国屋経由の金があるはずだ。それを当方に返して貰いたいと思ってな。これ、半二郎、不知火はどこだ」

小夜がいきなり玉かんざしを髪から抜き、神崎の片目を刺した。

絶叫を上げ、神崎が倒れて転げ廻った。配下たちは茫然と見ているだけで、何もできない。

小夜が半二郎を急《せ》き立て、道を急いだ。

「小夜、あんなことをして大丈夫なのか」

「ええ、いいんです。あたしには盗賊改がついていますから」

虎の威を借りるのもいいものだと、小夜はそう思っていた。

第四話　茶室の怪

一

秋雨が容赦《ようしゃ》なく傘を叩《たた》き、小夜《さよ》はいけないことをしてお仕置きでも受けているような気分になった。

四谷坂町《よつやさかまち》の愛染《あいぜん》長屋にいると、子供の使いが来て急に呼び出された。経師屋の団五《だんご》郎《ろう》が近くの稲荷《いなり》で待っているという。団五郎は『清掃人』を仕切っている親方である。

こんなことはついぞなかったので、妙な予感めいたものが小夜の胸をよぎった。そういう時の予感はほとんどが当たるのだ。あまりいいことがないような気がする。

傘を差して稲荷へ行くと、団五郎が先に来て待っていた。雨のなかに突っ立っている。

「親方、すみません」

声を掛けて小夜が駆け寄り、傘と傘が接した。昼を過ぎたばかりなのに空はどんより暗い。

「やな雨だな、ここじゃなんだ、ちょっとそこまで」

団五郎が言って二人して少し歩き、草団子を売る茶店へ小夜を連れて行き、奥まった床几《しょうぎ》に掛けて向き合った。他に客の姿はない。

店の婆《ばあ》さんに茶と団子を頼んでおき、団五郎が切り出した。

「言っとくがよ、こいつぁお上《かみ》から頼まれた仕事じゃねえんだ」

仕事というのはむろん『清掃』のことで、通常は町奉行所か盗賊《とうぞく》火附《ひつけ》改《あらため》から依頼されることがほとんどだ。

「え、どういうことです？」

今までそんなことはなかった。

団五郎は団子に食らいつきながら、

「茶室で人が死んで、その後始末だ」

言って、音を立てて茶を啜《すす》る。

「茶室ってことは、お武家筋ですか」

「そうとは限らねえ。茶人だよ」

珍しい依頼だと思った。

「丹阿弥宗室《たんあみそうしつ》って名めえ聞いたことねえか」

小夜は知らないと答える。

「おれだって茶人なんかに詳しいわきゃねえが、なんでも名人として広く知られている人らしいんだ」

「その人がどうかしたんですか」

「主《あるじ》の宗室がどうにかなったんじゃなくて、留守の間に茶室で人が死んだみてえなんだ。詳しいことはおれも聞いてねえのさ」

清掃の仕事はまちまちではあるが、ほとんど人目につかない刻限から始めるから、夕暮れ時に集まることになっていると言い残し、団五郎は婆さんに銭を払って立ち去った。

夕暮れ間近になって、小夜は団五郎に教えられた丹阿弥宗室の屋敷へ向かった。

雨は上がって、夕焼け空が広がっている。

屋敷は日本橋尾張町《おわりちょう》二丁目で、界隈《かいわい》は一等地だけに、名だたる商家や料理屋が建ち並び、往来の人が絶え間ない。田舎者なら目を見張る隆盛ぶりだ。

銘茶問屋と畳表問屋の間の道を入って行くと、裏通りとなり、大きな空間が広がっていた。

小夜のような身分の者は表からは入れないから、裏手へ廻《まわ》る。そこにいつも一緒に仕事をする畳屋の若いのが、立って小夜を待っていた。会釈をしてなかへ導かれる。

母屋は豪壮な邸宅で、書院風を模した造りになっている。そのことだけでも主の威勢が窺《うかが》える。

茶庭、すなわち露地を通って行くと、黄楊《つげ》の生垣が巡らされ、その向こうにひっそりと茶室の建物があった。

建物は草庵そのものの造りで、そもそもは茶匠千利休《せんのりきゅう》が取り入れ、山間《やまあい》、または田園のなかの簡素な草葺《くさぶき》屋根の建物を、茶室として応用したものだ。

茶室が近づいてきたので、畳屋の若い衆は先に入り、小夜もその後につづこうとした。

その時、生垣の陰から七、八歳ほどの女の子が、ひょいと剽軽《ひょうきん》に顔を覗《のぞ》かせた。

束の間小夜が驚き、「まっ」と言った。

すると女の子も小夜を真似て、「まっ」と言う。からかわれているのか。女の子は器量よしで、上品な顔立ちの可愛い子だった。着ているものもきれいな撫子《なでしこ》模様で、貧しそうではない。

「どこの子？」

小夜が問うと、女の子が答えた。

「ここの子」

「名前は」

「七つ八つの七」

「お七《しち》ちゃんね」

「そうよ」

お七はおしゃまな顔で答える。人見知りしないようだ。

「ここで何してるの」

「遊んでるの」

「いいわね」

「おねえさんは何しに来たの」

「お仕事よ」

「うちで？」

「そうよ」

「なんのお仕事？」

茶室で惨事があったことは、さすがに知らされていないようだ。

「いいのよ、あんたは知らなくて」

母屋の方から、「お七」と呼ぶ母親らしい女の声が聞こえた。

「呼んでるわ」

「行って、行って」

お七《しき》は小夜の方を頻りに振り返りながら、飛び石を軽やかに踏んで母屋へ消え去った。

茶室へ入って貴人口《きにんぐち》に立つと、小夜は表情を引き締めて茶の湯の席を一望した。

茶席は三帖台目《さんじょうだいめ》といわれる古くからの形式で造られ、丸帖三帖に台目畳一帖を加えた空間だ。血溜まりは一帖分の場所にできていた。これまで小夜が見てきた大惨劇のものとは違い、死んだのは一人のようだ。すでに畳が上げられ、経師屋や畳屋が周辺の作業に取り掛かっている。

小夜は団五郎から雑巾の束と手桶《ておけ》の清掃具一式を渡され、茶室をじっと見て廻った。しかし明り障子に血飛沫《ちしぶき》はなく、炉縁《ろぶち》、炉壇《ろだん》、掛け込み天井、中板、中柱など、どこをとってもきれいだ。また水屋も荒された様子はなく、拍子抜けする思いがした。

清掃するのは一帖分の所だけで、雑巾で洗い清める作業に没頭した。そこの畳はもう上げられてあり、床に流れ出た血を拭き取るのだ。雑巾の血を絞るのにも、茶室だけに露地に井戸があって苦労はなかった。

煙草休みとなって、一同が銘々寛《くつろ》いだ。

小夜が団五郎の所へ行って小声で問う。

「親方、誰が殺されたんですか」

「そいつぁおれっちが知る必要はねえ」

紫煙を燻《くゆ》らせながら、団五郎がうるさそうな顔で言う。

「でもう……町方の手は入ったんですか」

「入ってねえみてえだな、見た通りに静かだもんよ」

「それじゃ骸《むくろ》はどこにあるんです？」

「知るかよ」

「隠し通せるものじゃないでしょ」

「ここは名高《なだけ》え茶人の家なんだぞ。そんなものはどうにでもならあな。おめえ、口外しちゃならねえぞ」

「わかってますよ」

「こういう楽な仕事もたまにゃいいもんだよな」

団五郎が本音を言う。機嫌がいいようだ。

「大枚貰《もら》ったんですね」

「後でよ、みんなにお裾分けしてやっから。後始末は一日でやってくれって言われたけどよ、そんなにかかりゃしねえやな、もうおしめえだ。十日後にここで茶会があるそうなんだ」

「宗室って人には会ったんですか」

「会ってねえ。今は箱根《はこね》の湯治場《とうじば》らしいぜ。遊山《ゆさん》旅じゃねえのか。茶会が十日後ならもう向こうを発《た》ってる頃だろう。結構なご身分だよなあ」

「じゃ後始末を頼んだのは？」

「宗室さんのかみさんだよ。これがおめえ、四十になるかならねえかぐれえの大年増なんだが、小股の切れ上がったいい女でよ、触れなば落ちん風情とはああいう人を言うんだなあ」

家人は人殺しがあったのになかったことにして、寄ってたかって洗い清め、何食わぬ顔を決め込むつもりなのか。死人が誰なのかは知らないが、小夜は納得がいかない。こんなことが許されるとは思えない。

「おかみさんて人はなんて名前で、お屋敷のどの辺に行ったら見られますか。あたし、陰ながら見てみようかと。知りたいんですよ」

団五郎は灰吹きを煙管《キセル》の雁首《がんくび》で叩《たた》き、

「いいか、小夜、おめえのその詮索癖《せんさくぐせ》はよくねえぞ。こちとらにゃ関わりねえんだから、口を閉じてろよ」

「えっ、あっ……」

小夜が亀のように首を引っ込めた。

二

しかし口を閉じているわけにはゆかなかった。

小夜は胸のつかえが下りず、寝覚めの悪いような思いがして遂《つい》に行動を起こした。

愛染長屋を出て、熊坂小吉《くまさかこきち》の組屋敷に向かった。

月のきれいな晩で、夜道にほとんど往来の人影はない。

明りがついていたので、声を掛けずにガラッと油障子を開けた。

「ヒッ」

小夜の口から驚きの声が漏れた。

熊坂が異様な風体《ふうてい》で座敷に座しているではないか。寝巻姿で、あろうことか額《ひたい》に死者の三角巾を巻いているのだ。

「く、熊坂様、どうしたんですか」

「おれはまだ死んではおらん」

くそ真面目な顔で言う。

「わかってますよ、なぜそんなものを」

熊坂は三角巾を外し、

「どうした、何かあったのか」

「ご相談したいことが。でもその三角巾の説明を」

「酒を飲むか？　確か飲むんだったな。丁度いい、もう夜だから構わんだろう」

「いえ、あの、その前に」

「額烏帽子《ひたいえぼし》の謎か」

「はい」

「他愛もないことだ。聞くな」

この独り者は本当に変人だ。独りでいる時に何をしているのかわかったものではない。

三角巾の拘《こだわ》りを捨てきれないまま、小夜は丹阿弥宗室の茶室で何者かが殺害された件について語り、人殺しが罷《まか》り通ってはならないと訴えた。

小夜の話す間、熊坂は酒の支度に座敷と台所を行ったり来たりしながら、

「そうかそうか、団五郎の奴、こっちには内緒で後始末を引き受けたか。あの野郎も欲の皮がつっぱっておるな」

「あたしから聞いたなんて言わないで下さいまし、熊坂様」

熊坂は酒の膳に盃《さかずき》一つと肴《さかな》の佃煮《つくだに》を用意するや、勝手に独酌で始め、

「茶室で死んだのが誰なのか、それがわからんのだな」

「はい、親方も聞かされていないと」

「人殺しでなかったらなんとする」

「あり得ませんね。畳一帖分にたっぷり血は流れていたんですから。それに犯科ではなくて頓死《とんし》だとしたら、秘密にする理由がないと思います」

「まっ、それは確かにそうだな……。しかし丹阿弥宗室といえば大変な人物だぞ。紀州様とつながっていて、幕閣のお偉方とも交わりのある茶人だ。本人は箱根にいて殺しの下手人ではないとしても、屋敷内でそんな事件があったとなると只《ただ》では済むまい」

「だからお役人に知らせなかったんですよ」

「そうした気遣いは、家のなかの者の差配であろう」

熊坂は小夜にも酒を勧めて、

「幸い今は手透きだから調べてみよう。宗室の家の家族構成、それに留守宅の陣容だな」

「家にお七という可愛い女の子がいます」

「そうか」

「おかみさんと思われますけど、親方に金を握らせて口止めさせています。充分に怪しいじゃありませんか」

「待て、そう答えを急ぐな。下手人はほかにいて、女房殿が庇《かば》ってということもある。まず事件の真相を知ることだ。うむむ、何やら火がついてきたようだぞ」

「はっ？」

「金持ちや身分のある奴の正体をひっぺがすのは、おれの好みとするところだ。おまえもそうであろうが」

「いいえ、あたしは特にそういうことは……」

一緒にされてはたまらない。

「ところでおまえの母親のお房《ふさ》はどうしている。最近会ったか」

「いえ、とんと会っておりませんが。でもどうして急におっ母さんの話になるんですか」

「お房は深川《ふかがわ》の『浜千鳥《はまちどり》』という店で、酌婦をしている」

「そうですけど、だからどうして」

「おまえのことがよくわからぬ時にだな、親を見れば察しがつくと思い、会いに行ったのだよ。なぜ縁を切ったのかと聞いたが、お房は頑《かたくな》に明かさなかった。その後おれはおまえにも聞いたな、何があったのかと」

小夜の表情が硬くなった。

熊坂は探るように小夜の顔を覗き込んでいる。

「やめてくれませんか、熊坂様。その話はしたくないんです。人の嫌がることはよしにして下さい」

小夜の強い口調に、熊坂はやや気押《けお》され、

「な、何もおまえ、そこまで言わずとも。すまん、母親の話には今後触れぬことにする」

「あ、いえ、あたしの方こそ声を荒らげて申し訳ありません。そんな事情なので、どうかご理解下さいまし」

謝罪する小夜を、熊坂は冷めたような目で見ていた。

(何か秘密があるのだな、小夜には。まっ、こんなに嫌がるのだからもう追及するのはやめておこう。しかしそれにしてもなあ……)

熊坂の小夜への疑念は消えるどころか、これまでよりも彌増《いやま》した。真相はお頭《かしら》の彦《ひこ》左《ざ》が知っているのだが、熊坂は知る由もない。

三

熊坂のやることは早かった。

翌日の夕暮れには、熊坂の組屋敷に大勢の長十手《ながじって》が集まった。猪之吉《いのきち》を筆頭にした五人の差口奉公人《さしぐちほうこうにん》たちだ。そのなかに一番年若の清次《せいじ》という男もいた。

いずれも人相がよくないのは、今はともかく元々彼らが御定法に触れるところで生きてきた人間たちだからだ。

初め熊坂の口から、丹阿弥宗室の名が出ると、ついぞ縁のない人種なだけに全員が戸惑いを浮かべた。ふだん接しているのが彼らの前身である前非持ちや無法者だけに、茶人などは雲の上の人に等しく、どう扱っていいのかわからない。調べるにしても取っかかりがつかめないのだ。

それでも熊坂に尻を叩かれ、手づるを求めて悪戦苦闘し、総じて次のようなことがわかった。

宗室は千利休の流れを汲《く》む一流の茶人で、千家といわれるこの流派は、二百年以上を経た今も隆盛している。

千利休は侘《わ》び、さびの理念や、草庵風茶室の様式などを完成させた茶道の大成者だ。また茶聖とも称せられ、信長、秀吉に茶頭《さどう》として仕えながら、秀吉の逆鱗《げきりん》に触れ、天正十九年（一五九一）に自刃《じじん》した。自刃の真相はわからぬまま、今でも謎とされている。

宗室は利休の茶の心を忠実に守り、この泰平の世で大立者となった。年は五十歳だ。在所は利休とおなじ堺《さかい》であるという。

堺から連れて来た女房は十年以上前に他界し、宗室は暫《しば》しの間独りでいたが、九年ほど前に今の後添えお富《とみ》を娶《めと》り、娘お七を授かった。お富の出自は公表されていない。

やがて宗室は御三家紀州侯と縁ができ、御用達《ごようたし》の茶人となった。その威勢を聞きつけた幕府高官や大名、旗本らが弟子入りを懇願《こんがん》して引きも切らず、丹阿弥家は繁栄している。紀州侯から下される礼金は年に数百両とも言われ、実入りはそれだけではないから、宗室はかなりの分限者《ぶげんしゃ》ということになる。

そこまでがわかったところで、熊坂は一同へギロリと反骨の目をくれ、

「相手が誰であれ、人を殺していいという法はない。あってたまるものか。おれたちには下手人を見つけ出し、その罪を白日の下《もと》に晒《さら》すという役儀がある」

鋭い眼光に磨きがかかり、

「まず女房のお富だ。これの素性を探れ。聞いただけでもうさん臭いような気がする。それに雇い人たち一人一人にも目を光らせて調べろ。ほかに屋敷のなかでいなくなった者や、あるいは出入りの者で姿の見えなくなった者はいないか、ともかく茶室に血が流れ、人が殺されたことは間違いないのだ」

清次が張り切った顔で身を乗り出し、

「旦那、骸がねえことにゃ始まりやせんぜ。あっしぁ明日回向院《えこういん》へ行って、名無しの死げえが投げ込まれてねえか調べてみまさ。首尾を祈ってて下せえ」

回向院は公式に無縁仏を扱っているから、素性の定かでない遺体の投げ込みはしょっちゅうだった。

「よし、では調べを始めようぞ。くれぐれも言っておくが、丹阿弥家にわからぬよう

にやれ。表沙汰になると甚《はなは》だよろしくない。余計な悶着《もんちゃく》も起こりかねん。そこは盗賊改らしく隠密裡《おんみつり》にやるのだ」

熊坂の下知が〆となり、隣室に控えていた手先の若い連中が、用意の冷や酒を木の升に入れた盆を持って現れ、親分衆に配って廻った。これはいつものことで、熊坂流の『出初式《でぞめしき》』と言っている。

四

その晩の『浜千鳥』はお茶っ引きで、酌婦たちは一ヶ所に寄り集まって噂話や雑談に興じていた。客が皆無なのだ。

お房も所在なげに、片隅にぽつねんとしている。

北風が吹き込んで油障子をガタつかせ、皆が一様に襟元を掻《か》き合わせた。冬の気配である。

油障子を閉め切ろうとお房が席を立ち、ついでに首を出して何気なしに表を覗いた。

そこで驚きの顔になり、慌てたように店の外へ飛び出した。

暗がりに小夜が立っていたのだ。

「なんだい、あんたの方から来るなんて思ってもいなかったよ。この哀れな母親にほどこしでもしようってか」

わざと卑屈な笑顔を作り、小夜を見た。

小夜は店から少し離れた方へお房を誘い、

「盗賊改の熊坂って人が来たそうね」

「あ、ああ、あの厳《いか》めしい面構《つら》えの人かえ。怖くってろくに話もできなかったよ。おまえのことを知りたいらしく、根掘り葉掘り聞いてったね」

「また来るかも知れないけど、余計なことは喋《しゃべ》らないでね。特に昔のことに関しては言っちゃ駄目よ。約束してくれる」

「うん、まあ、そいつぁあんた次第じゃないかえ」

小夜は用意の金包みをお房に握らせた。口止め料だ。

お房がすばやくそれを帯の間に挟み込み、

「嬉しいねえ、おまえの方からそう言って来てくれると。大丈夫、何も言ってないから」

「綱八《つなはち》のこと、死んだ松五郎《まつごろう》親分に話したの？」

松五郎親分というのは、お房の古い知り合いの岡っ引きだ。

「ううん、何も言ってないよ。だって言ったらあの親分、本当に調べだすもの。都合が悪いんだろ、そうされると」

「変な言い方しないでよ、あたしが綱八に何かしたみたいじゃない。そう思ってるの、おっ母さん」

綱八のことになると、どうしても言葉が尖《とが》った。

「そ、そんなことないよ、あるわきゃない。あれは気を引くために言ったのさ。あんた、つれないからね」

ねっとりとした目をくれ、お房は言う。

小夜は反吐《へど》が出そうになって横を向いた。

この母親にはその昔に許し難い目に遭《あ》っているから、小夜はどうしても心を開けないでいる。嫌悪感すらある。お房は見る度に品性が悪くなっているように見える。酌婦という生業《なりわい》もよくないのだろうが、それよりお房という女の人間性がよくないのだ。

だが松五郎に何も話していないと聞き、安堵《あんど》を得た。

「それじゃ」

あっさり言って小夜が行きかけると、お房が背中に声を掛けた。

「うまくおやりよ」

小夜はキッと振り向いて、

「なんのこと」

「熊坂って旦那のことさ」

「それがどうしたの」

「二人はお似合いだと思って。だって気がなきゃあんたのことを調べたりしないだろう」

小夜は不快になるが、気持ちを抑えて、

「そうとは限らないわ。あたしのことを心のどこかで疑っているのかも知れないでしょ」

「それはないねえ、あの人の方がおまえに惚《ほ》れ込んでるってこともあるじゃないか。ともかくうまくおやりよ」

それには答えず、小夜は歩きだした。

賑《にぎ》やかな職人の一団が、浜千鳥めざしてやって来た。

一変して、お房の黄色い声が飛んだ。

「おやまあ、お久し振りじゃござんせんか。待ってたんですよ」

小夜は歩を進めながら、熊坂のことを考えていた。

お房が言うように、熊坂が小夜に気があるとはとても思えなかった。自分と熊坂とはそんな所にはいない。ひたすら事件を追ってひた走っている仲なのだ。今はそれでいいのである。

（でもその先は……）

先のことは誰にもわからない。朴念仁《ぼくねんじん》ではあっても、熊坂は小夜のよき親方であった。

（それにしても……）

死者の三角巾のことを思い出し、つい笑みがこぼれ出た。

五

回向院に話を通し、清次は老いた寺男に案内させて、昼でも暗い寺の広い裏土間へやって来た。

そこに粗末な早桶が置いてある。

「これが二日前の新仏《にいぼとけ》でござんす」

「そうかい、それじゃ見させて貰うぜ」

清次は盗賊火附改の威風を借り、長十手をこれ見よがしにチラつかせながら言う。

この男も他の差口奉公人とおなじように、かつては無法者であった。

寺男は早桶の縄を解きながら、

「このところ投げ込みが多くって困っちまいますよ」

「そうなのか、そいつぁよくねえな」

寺男が蓋を取り外し、清次が上からなかを覗き込んだ。とたんに「うっ」と呻《うめ》いて顔を歪《ゆが》め、手で口許を塞《ふさ》いだ。すでに腐敗が始まっているのだ。見たところどこにでもいる町人体《てい》の骸で、取り立てて何もなさそうだ。

「わかったぜ、蓋をしてくんな」

寺男は言われた通りに元通りにしようとする。

すると小夜の声が掛かった。

「お待ち下さい」

振り返った清次が、小夜を見て、

「なんでえ、おめえは。女子供の来る所じゃねえぜ」

小夜が盗賊火附改の手札を見せた。

それを見て清次が仰天する。

「ああっ、おめえが小夜か。おれたち差口の間じゃ評判になってるんだ。お頭様に大層目を掛けられてるそうじゃねえか」

「恐れ入ります」

「何しに来たんだ」

「骸を検《あらた》めさして貰おうかと思いまして。いけませんか」

「いやいや、構わねえよ。お頭様のお気に入りじゃ文句は言えねえやな」

小夜が寺男に頭を下げ、早桶のなかを覗き見る。

「躰《からだ》を見たいんですけど」

「ああ、いいとも」

寺男が早桶を横にし、骸の襟首をつかんで土間へ引き出した。

腐臭もなんのその、小夜が身を屈《かが》め、手拭いで口を押さえながら、骸の検屍に取り掛かった。

男は三十代か、風体は平凡で清次の見立てとおなじくごく尋常な輩《やから》と思われる。月代《さかやき》を剃《そ》り上げ、人相も穏やかそうで、腕に入れ墨の線もないから盗犯ではない。次に着物を剝ぐが、彫物の類《たぐい》も一切なかった。ふところをまさぐっても、身許が明かされるようなものはなかった。

(これは堅気の人ね)

では違うのか。宗室の屋敷からひそかに運ばれてきた骸ではないのか。最後に袂《たもと》に手を入れ、小夜の顔が一瞬険しくなった。清次に気づかれぬように、小さなあるものを手のなかに素早く隠し持った。

「骸を運んで来た人を誰か見てるんですか」

小夜が寺男に問うた。

「いいや、夜の夜中に投げ込んで逃げてったらしく、誰も見てねえんだ。ただ……」

「はい？」

「山門の前に真新しい轍《わだち》の痕《あと》があった。つまり何人かで大八車で来て捨てってったんだな。よくあることじゃよ」

「ご造作《ぞうさ》かけました。有難う存じます」

寺男に礼を言い、小夜は裏土間を出た。

清次が慌てて追って来る。

「待ってくれ、おめえがなんで調べてるんだよ。お頭様から言いつかってんのか」

正直に言う必要はないと思い、

「実はそうなんです。ですからあたしには少々荷が重過ぎて、大してお役に立てるとは。親分さん、力を貸して貰えますか」

小夜のような美少女に頼まれ、はねつける男はいない。

清次がにんまりして、

「断る理由はねえよな。いいぜ、いつでも言ってくんな」

六

小夜から小さなあるものを手渡され、眺め入った彦左が合点《がてん》してうなずいた。

「うむ、こいつぁ知ってるぞ」

小夜が得たりとなって首肯《しゅこう》する。

盗賊火附改の奥の間で、二人のほかに熊坂も同席している。

そのあるものとは、精巧に作られた小さな紙人形で、座《すわ》り雛《びな》と呼ばれるものだ。

熊坂が首をひねり、

「お頭殿、なんでござるか、それは。おれにはとんとわかりかねますが」

と言い、失笑して、

「どう見ても子供の玩具《おもちゃ》ではござらぬか。そんなものを、さも大事そうに拾ってくる
おまえもおまえだな」

彦左から小夜に目を転じて言う。

「熊坂様、それは死人の袂の底に落ちていたんです、とても尋常とは思えませんよ。あたしはそこから何か糸口がつかめると踏んだんです」

「小吉よ」

「はっ」

「だから常日頃言ってるだろ、早《はえ》えとこ嫁を貰えと」

「はあ？」

熊坂が素っ頓狂な声を出す。

「雛人形のことは家に娘がいりゃみんな知ってらあ。おれン所は男ばかりだったが、娘が生まれた時のことを考えてあらかじめ調べておいたんだ」

小夜の淹《い》れた茶を飲みながら、彦左は説明する。

雛人形にもいろいろあり、この座り雛は古代からのもので、御祓《おはら》いを行う時に小さな紙の人形を作り、それに子の年や名を記して災いを人形に転ずる。神前で無病息災を祈って川などに流すのだ。雛人形は元々信仰的な意味合いを持ち、平安の御世では新生児の枕元にそれを置き、万諸々《よろずもろもろ》の兇事から小児を守ってやるのだ。

紙の立ち雛が一番旧《ふる》い形で、その後発展して座り雛も作られるようになった。そうして時代を経るにつれて雛人形は豪華になってゆき、段飾りにして、人々の目を楽しませるものに変化していった。

小夜が死人の袂からひそかに取り出してきたそれは、古式に則《のっと》ったもので、手のひらに収まるほどの小ささだ。目鼻が描いてあり、顔立ちや髪形で察すると女子のようで、いずれにしても、丈夫に育って欲しいという親心から作られたものと推測される。

「こいつを回向院の新仏が持っていた。そこに謎を感じたんだな、おめえは」

彦左が言い、小夜が答える。

「恐らく身許を隠すために、財布や煙草入れや手拭いなどは下手人が持ち去ったものと。でもこの座り雛だけは袂の底に落ちていましたんで、気づかれなかったのでは。ほかに所持品がないところから、唯一の手掛かりではないかと思ったんです」

「仏はどんな男だった」

これも彦左だ。

「ごく尋常な人でした。身ぎれいにしている方で、月代も伸ばしていません。手のひらにまめやたこはありませんでしたから、剣術なんぞとは無縁の人かと。たぶん算盤《そろばん》を弾《はじ》いていた商家の人のような気がします」

「新仏が宗室の屋敷に出入りしていたことがわかれば、小夜、おまえの手柄ではないか」

熊坂が言うのへ、彦左が顔を向け、

「小吉、そっちの調べはどうなんだ」

「はっ、出入りの者は何人かつかめてはおるのですが、これがまた通常のものとは違って難儀をしております。たとえば茶入れ袋師とか茶入れ繕《つくろ》い師、茶入れ蓋師というのもあって、何が何やら」

「茶入れなんとかってのは、みんな茶人にぶら下がって食っている小商いの連中だ。そいつらの誰が、宗室とどれだけ深《ふけ》え関係にあったか、そこに尽きるだろう」

小夜と熊坂が共にうなずく。

「こたびは元締の団五郎が金に目が眩《くら》んで引き受けた仕事から、抹消されるはずの殺しに光が当たっちまった。小夜、不審を持ったおめえは正しいぜ」

彦左の言葉に、小夜は恐縮して畏《かしこ》まると、

「でも、お頭様」

「なんでえ」

小夜はもじもじとしながら、

「あたしのやることはここまでじゃありませんか。その先は熊坂様たちにお願いをした方が」

「どうしてそう思うんだ」

　彦左が思慮深い目で言う。

「だってあたし、所詮《しょせん》は清掃人なんです。それが分《ぶん》をわきまえずに探索をしていたら、よくないんじゃないかと」

「何が言いてえ」

「怖いんです、あたし。事件を探っていくうちにどんどん深みに嵌《は》まって、抜き差しならなくなるような気がして。それに……」

「それに、なんだ」

「事件の裏に隠されたいろんなものが表に出てきて、思いもよらない人の姿が……それを知るのが辛《つら》くもあるし、怖いような」

「何をほざきやがる」

「お頭様」

「それが捕物の奥深えとこじゃねえか。見逃しちゃならねえし、許してもいけねえ。人は皆罪深えもんだが、仕置きされるかされねえか、紙一重で助かる場合もある。こっちにしてもそこが手に汗握るとこだぜ。おれぁ捕物に人並外れた目を持ったおめえのことを見抜いたんだ。いつまでもそんな青臭《あおくせ》えこと言ってやがると、しめえにゃ怒るぞ」

雷が落ちた。

小夜は返す言葉もなく、うなだれた。だが反撥《はんぱつ》はなかった。この人、松平彦左衛《まつだいらひこざえ》門《もん》様がお父っつぁんだったらどんなにいいかと、考えていた。

七

昨夜はなかなか寝つかれず、小夜は朝寝をしてしまった。事件のことが頭を離れずに堂々巡りをするばかりで、その悪循環が余計に眠れなくしたのだ。佃煮はお櫃《ひつ》の残り飯に、昨日熊坂が帰りしなにくれた佃煮をおかずに朝飯を食べた。佃煮は佃島《つくだじま》のもので、さすがに音に聞こえただけのことはあった。熊坂が世話をした町の誰かに貰ったものではないか。ならば町方に限らず、役人と名がつけばこういう余得があるのだ。

長屋の子供たちが、大声を上げて路地で遊んでいる。小夜は一向に気にならなかった。井戸端で食器を洗っていると、猪之吉と清次が揃ってやって来た。

小夜は少し慌てて二人を迎え入れ、茶を出した。

「小夜ちゃん、ようやくいろんなことがわかってきてよ、面白くなりそうだぜ、この一件は」

清次の言葉に、小夜は思わず身を乗り出して、

「どんなことがわかりましたか」

「まず丹阿弥家で暮らす人の数だな。宗室に女房お富、一人娘のお七がいて、住み込みの内弟子が三人いる。和助、喜之平、佐吉だ。それにもう一人、住み込みの女がいる。こいつぁお七の教育係で学を授けてるんだ。つまり寺子屋の師匠を丸抱えしてるんだな」

「三人のお弟子さんの年はわかりますか」

「さあて、年まではわからねえが、きちんと茶の道のことがわかって入門を許されるからにゃ、そんなに若造ってことはあるめえ」

三人のなかの誰かが、回向院の骸に該当するのか。

「三日前、三人はお屋敷にいたんですか」

「和助と喜之平は師匠のお供をして箱根へ行ってるんだ」

「じゃ、佐吉って人は？」

「行ってねえみてえだ。家のもんの話によると、この二、三日、姿を見てねえと。鬼の居ぬ間に洗濯でもしてんじゃねえのか」

鬼とはむろん宗室のことだ。

小夜の胸に佐吉の名が刻まれた。

次いで猪之吉が清次に代わって、

「ほかに女中が五人いて、釜焚きの爺《じい》さんも入れると総勢十三人が屋敷で暮らしていることンなる。また出入りの人間を数えたらきりがねえ。医者、魚屋、青物屋と、ごまんといらあな」

「お屋敷のなかで揉《も》め事なんぞは、どうでしょうか」

小夜の問いに、二人は見交わして、

「おれぁ聞いてねえなあ」

猪之吉が言えば、清次も首をひねり、

「誰も隠し事をしているようには見えなかったぜ」

「そうですか」

さらに清次が小夜に顔を寄せ、

「いいか、聞いてくれよ、小夜ちゃん。おれと親分とでどうやってこれだけのことを聞き出したか、知りてえだろ」

「は、はい、大変ご苦労だったとお察ししますが」

腰を浮かしかけていた小夜が座り直す。

「おれたちのほかに手先どもにも手伝わせてよ、貸本屋になったり暦売りに化けたりしてな、商いするふりをして女中どもに銭つかませて聞き込んだのよ。だからこれだけのことがわかったってえ寸法よ」

「有難う存じます。あっ、ちょっと今から行く所が」

小夜は二人に断り、前垂れを外して隣室へ行き、着替えを始めた。化粧はせずに手鏡で髪のほつれを直す。

「何を調べる」

猪之吉が唐紙《からかみ》越しに問うた。

「佐吉って人が気に掛かってなりません」

八

丹阿弥屋敷の裏手で、お七がしゃがみ込んで地面に古釘《ふるくぎ》で文字を書いていた。

小夜が後ろに立ち、お七の横に並んでしゃがみ、

「なんて書いてるの」

「あっ、この間のおねえさん」

小夜は微笑《ほほえ》んでうなずく。

「えっとね、これは山と書いてるのね」

小夜がくすっと笑い、

「どうかしら、山には見えないけど」

お七がふくれっ面を作ってみせ、

「じゃ書いてみて」

小夜がお七の手から釘を取り、地面に書いてみせる。

「まっ、うまいのね」

「うふふ、それほどでも」

「今日は何？　あたしンちのお仕事」

「違うのよ、今日は。お家に佐吉さんて人はいる？」

「うん、佐吉さんはお父様のお弟子さんね」

「佐吉さんの年は知ってる？」

「えっとね……忘れちゃった」

「そう、お七ちゃんは」

「あたしは八つなの。あ、思い出した。佐吉さんはあたしより二十五上だったわ。でもそうは見えないのよねえ、若くって」

こましゃくれたことを言う。

「今日は佐吉さんいるの？」

「ううん、ずっといないのよ。お父様たちと箱根という所へ行ったの」

佐吉も一緒に箱根へ行ったことになっているようだ。

「おねえさんは佐吉さんに会いに来たの？」

「違うわ、聞いてみただけ。もうひとつ聞くけど、手習いのお師匠さんて人は？」

「藤乃様でしょ、怕《こわ》いのよ。あたしの覚えが悪いとね、ペンペンとお尻を叩くの。でもその後すぐやさしくしてくれるわ」

「そう」

藤乃という教育係がどのようにして丹阿弥家へ入ったのか、その辺の経緯を聞きたくともお七ではわかるまい。

そこで小夜は肝心なことを聞こうと、

「お七ちゃん、お母様はどうなの。怕いのかしら」

その時、向こうから空駕籠《からかご》を担いだ駕籠舁《か》きが走って来た。浪人が一人、つきしたがっている。浪人は被《かぶ》り物で面体《めんてい》を隠し、大刀だけを落とし差しにし、無紋の黒羽二重を着ている。

それが近づいて来たとたん、小夜に向かって六尺棒が振り下ろされた。駕籠舁き二人が不意打ちに襲ってきたのだ。

「あっ」

頭や肩先を打撃され、小夜が横に倒れた。

その隙にお七は、浪人に手拭いで口を塞《ふさ》がれて後ろ手に縛られ、駕籠のなかへ押し籠《こ》められた。お七の泣き叫ぶ声がする。

すぐさま駕籠は動きだしたが、朦朧《もうろう》とした意識のなかで、小夜はあるものを見て目に焼きつけた。取るに足りないものだが、重要な鍵になるような気がした。

そのまま小夜は気を失った。

気づいて目を開けると、熊坂が小夜を真剣な目で覗き込んでいた。

そこは尾張町の自身番の板の間だ。

「あっ、熊坂様」

無理に起きようとする小夜を、熊坂は押し止《とど》めて、

「疵《きず》は大したことはないそうだぞ。もう治療は済んで医者は帰ったところだ。安心するがよい」

「どうして熊坂様が」

「おまえが倒れているのを見つけた者が自身番へ走った。町役人が駆けつけ、皆で助け起こしておまえの所持品を探ったら、盗賊改の手札が出てきた。そこでおれに知らせがきたというわけだ」

小夜はまた起き上がりかけ、

「こんなことをしていては」

「おい、よせ。何があったのか言え」

熊坂は何も知らないようだ。

「拐《かどわか》しです」

「なんだと」

熊坂の血相が変わった。

「宗室さんのお嬢さんがさらわれたんです」

「な、なんと」

「駕籠舁き二人と浪人者が下手人です。そいつらがいきなりあたしに襲いかかってきて、子供を連れ去ったんです」

現場で目にしたあるもののことは伏せた。

「顔は見たのか」

「いいえ、はっきりとは。ああっ、男たちの顔つき、目に焼きつけたつもりが何も浮かんでこないわ」

小夜は切歯扼腕《せっしやくわん》した。

熊坂はめくるめく思いで考え巡らせ、

「どういうことだ、なぜこんなことに。いったい誰の仕業なのだ」

「熊坂様、一緒に宗室さんのお屋敷へ行って下さい。あたしは見出人《みいだしにん》（目撃者）なんですから、家の人に知らせなければ」

「うぬぬ……いや、待て、今ここでわれらが顔を見せていいものかどうか」

「こんなことで迷っていてどうしますか。子供がさらわれたんですよ。すぐに助け出さないと」

九

母親お富は四十前の色浅黒き女で、団五郎が評したように気丈なしっかり者に見えた。

その横に並んで座した教育係の藤乃は、お富とほぼ同年齢で、如何《いか》にも武家出身者らしく姿勢がよく、泰然《たいぜん》として何事もわきまえた女のようだ。女二人は円熟した風情で、共に美しい。

だがふだんはそうかも知れないが、お七の拐しを聞くや女二人はすっかり動転し、烈《はげ》しく取り乱した。

熊坂が小夜を伴って丹阿弥家へ乗り込み、身分を明かした上で、まずは式台に立ったお富にお七の拐しを告げた。小夜のことは、その場に居合わせた小絵馬売りだと伝えておいた。

拐しと聞くや、お富は色を変え、すぐさま二人を導き入れた。藤乃が呼ばれ、熊坂の許しを得て奥の間で同席することになった。

「熊坂様、お断りしておきますが、主宗室は只今紀州様のお供で箱根へ参っており、不在なのでございます」

「そうか、紀州殿となな」

「はい」

お富は小夜に目を転じ、

「小夜とやら、まずは事の次第を聞かせなさい」

お富が権高《けんだか》な口調で言った。

小夜は拐しの顚末《てんまつ》を事細かに語り、下手人は浪人と駕籠舁きの三人だったと明かした。

「そ奴らに心当たりはないかな」

すかさず熊坂が問うた。

お富はかぶりを振って、

「そんな連中にはとんと憶えがありません。賊の狙いはなんなのですか。やはり金子《きんす》でございましょうか、熊坂様」

「まっ、恐らくな」

「でもようございました」

「何がよいのだ」

「折よく盗賊改殿が通りかかり、不幸中の幸いと申しますか、今ここで一縷《いちる》の希《のぞ》みを。どうか娘を無事に取り戻して下さいまし」

お富が叩頭《こうとう》した。

藤乃も言葉少なながらも、「わたくしからも」と言って、頭を下げた。

熊坂は深刻な顔で腕組みし、

「単に子供がいなくなったとか、遊びに行って帰って来ぬとか、もはやそんな有様ではないのだ。この小夜が乱暴されて子を奪われている。しかも浪人絡みとなるとこれは由々《ゆゆ》しき事態だ。すでに手筈《てはず》は整えているがこの先どうなるか、それが心配だ」

熊坂の言う通りだから、お富と藤乃は沈痛な面持ちになって黙り込む。

「拐しは尋常ならば町方の領分であるが、この成行きからいってわれらが手掛けることにする。異存はないな」

「はい」

「屋敷にいる者全員をひとっ所に集めてくれぬか。おれの口から拐しの件を皆に伝える」

広座敷に屋敷の全員が集められた。

上座に熊坂、その左右にお富と藤乃、それに女中五人に釜炊きの爺さんが何事かと居並んだ。小夜は末席に控えている。

まず熊坂が名と身分を明かしておき、

「二刻《ふたとき》ほど前、当家の娘お七が何者かに拐された」

女中たちが驚きで騒然となった。

「鎮まれ。徒《いたずら》に騒ぎ立てるな。お七はかならずわれらが取り戻す。このこと、他言は無用である」

やや鎮まったところで、熊坂は一同を見廻して、

「おまえたちに聞くが、この数日、いや、それ以前でも構わん。うろんな輩がこの屋敷の周りをうろついていたとか、覗いていたとか、そのようなことはなかったか」

ざわつくが、これといった話は出ない。

「師匠、そなたはどうかな。そなたがお七により近い所にいたはずだ。変事でもあらばなんでも明かしてくれ」

藤乃はかぶりを振って、

「いいえ、そんなことは何ひとつございませせなんだ。お嬢様の口からも異変は聞いておりませぬ」

「左様か」

その時、庭木に何かが突き立つ音がし、ハッとなった熊坂が立って障子を開け放った。

松の木に矢文が突き立っていた。

熊坂は鋭く辺りを見廻し、庭下駄を突っかけて木の下へ行くや、矢を抜いて文を手にした。書かれたものを読み、唸《うな》った。

小夜は廊下に立って熊坂を見ている。

「くそっ、おのれ」

熊坂が怒りの声を発して文を手に元の座敷に戻り、お富にそれを差し出した。お富、藤乃、小夜が一斉に覗き見る。

文には、『お七の身代金千両　おってさたをまて』とあった。

数刻後には、盗賊火附改から三十人余ほどの同心、小者らが送り込まれ、人知れず丹阿弥屋敷の警護についた。たちまち邸内は緊迫した雰囲気に包まれる。

屋敷のなかに二十人が散らばり、さらに外に十人余が見張りに立った。十人余はすべて行商や棒手振りに変装していた。尾張町の裏通りだけに、往来の人は少ない。

彦左は姿を現さず、屋敷での陣頭指揮はあくまで熊坂で、両者のつなぎ役は猪之吉、清次ら差口奉公人が務めた。

家人らは不安げに一ヶ所に寄り集まり、ひそひそと囁《ささや》き合いながら、ひたすら事態の進展を見守っている。

下手人からの「追って沙汰」はなく、役人の全員が焦燥《しょうそう》を極めた。

もう日は西に傾きかけていた。

お富の命《めい》で炊き出しが行われ、役人たちに握り飯が供された。全員が緊張のなかにいるから、私語は一切交わされず、黙々と食べることに集中した。

邸内を見廻っていた熊坂が、ふっと気づいて探す日になった。

「おい、小夜はどうした」

近くにいた清次に聞いた。

小夜の姿がどこにもない。

「へえ、小夜ちゃんならついさっき出て行きやしたぜ」

「どこへ行った」

「それが、あっしがどこへ行くのかと聞いても何も言わねえんでさ。妙ですよねえ」

「あいつめ……」

また小夜の勝手な行動が始まったかと、熊坂は苦々しく思った。

十

丹阿弥屋敷を抜け出すと、小夜はあるものを探して、片っ端から日本橋界隈の損料屋を当たっていた。

探し物は無紋の黒羽二重だ。浪人が着ていた着物に重要な手掛かりがあった。浪人が少し身を屈めた時に、袖口に小さな青い紙縒《こよ》りのようなものがついていたのだ。それは損料屋の着物であることを意味していた。駕籠舁きたちは町人体だから、化けずともそのままでよいが、浪人役の男だけ羽二重を借りたのだと、小夜は当たりをつけた。

ということは、浪人は武士ではないということも考えられる。俄《にわか》仕込みの偽浪人かも知れないのだ。

しかしどの店でも収穫は得られず、五軒、六軒と探し歩くうちに日が暮れてきた。

こうしている間にも、丹阿弥屋敷の方に何か変化があったかも知れない。早く戻らねばと、気が気でなく、これが今日の最後のつもりで、大伝《おおでん》馬町《まちょう》の店へ入った。

そこで小夜は盗賊火附改の手札を見せ、黒羽二重の件を聞いてみた。

　すると番頭があっさり認めたのである。

「へえ、黒羽二重なら確かにうちで御用立てしました。ちょっと上物でしたんで、一朱を頂戴《ちょうだい》しまして、先ほど返して頂いております。きれいに着て頂いておりまして、染みひとつついておりませんでしたよ」

「そ、それ、見せてくれませんか」

「へい、ようございますとも」

　番頭が奥へ行って、畳紙《たとうがみ》にしまった黒羽二重を持って来た。

　小夜は飛びつくようにしてそれを手にして見入り、表も裏も調べる。どこにもおかしな所はなく、それ自体は何も語ってくれない。

（でもこれよ、きっとこれだわ）

　次いで番頭に借主の名と所を聞いた。

　番頭は承知して、今度は帳場へ行き、台帳を手に戻って来てなかをまさぐり、開いて見せた。

「えーと、あっ、これでございます」

　借主の名は『通塩町《とおりしおちょう》　兼六長屋　時蔵《ときぞう》』とある。

「この人、どんな人でした。お侍さんじゃないんですか」

「お初でしたが、年は三十ぐらいで、お武家様ではなかったですねえ。そこいらにいるごく尋常な人でした」

「羽二重なんか、なんに使うとか聞かなかったんですか」

「うちはそういうことは聞きません。花見の時なんぞは座興に仮装したりしますから。あるいは舟遊びってことも。聞くだけ野暮《やぼ》じゃございませんか」

礼を行って店を出て、大伝馬町を後にし、通塩町へ急いだ。

黒羽二重を着て、大刀ひと振りを落とし差しにした浪人の姿は克明に憶えていても、素の姿に戻っていたらわからない。顔つきも定かでない。

小夜の胸に怖《おそ》れと不安が交錯《こうさく》する。

兼六長屋へ入り、井戸端にいたかみさんに時蔵さんという人はいるかと尋ねた。そんな人はいないとの返答だ。そう易々《やすやす》とわかってたまるか、という敵の嘲笑《あざわら》う声が聞こえたような気がした。因《ちな》みに、他の住人の男たちの人相をかみさんに尋ねてみたが、該当する人物はいないようだ。

熊坂ではないが、

「おのれ、くそっ」

と言いたいところだった。

しかし縁もゆかりもない人間が、兼六長屋を知っているわけはないのだから、どこかにとっかかりはあるはずだ。

お七は今はどこに——無事でいるのだろうか。

小夜は焦りに焦る気持ちになっていた。

十一

夜の五つ（午後八時）が近づく頃、火急の呼び出しを受けた彦左が、若手同心二人をしたがえて牛込から日本橋へやって来た。彦左は黒頭巾に着流しのおしのび姿だ。

尾張町の自身番の板の間へ三人が入ると、待っていた熊坂と小夜が威儀《いぎ》を正した。町役人たちは退けられている。

「何があった」

着座するなり、彦左が頭巾を取りながら言った。同心二人も熊坂を食い入るように見ている。小夜のことはすでに周知されていた。

「これをご覧下さい」

熊坂が言って、ふところから折り畳んだ書きつけを取り出し、彦左たちの前に広げた。

それは下手人からの脅し文で、文面にこうあった。

『今宵子《ね》の刻　一石橋《いちこくばし》へ千両』

子の刻は深夜零時だから、まだ間がある。

熊坂が語る。

「これが夕の七つ半（午後五時）頃に屋敷に投げ込まれました。こたびは矢文ではなく、台所の裏土間に放り込んでありました。釜炊きの老爺が見つけたのです」

「下手人の姿は見ておらんのだな」

「はっ、誰も」

「千両は用意できたのか」

「蔵から座敷へ移してあります」

彦左は太い溜息をつき、

「そうか、よし、投げ文の様子なら子供は無事だな」

小夜が膝を進め、

「お頭様、まだ安心は」

「そりゃそうだ、この目で確かめるまではうかうかできんさ。母親の方には伝えたのか」

彦左が熊坂に聞いた。

「母親お富、師匠藤乃だけには伝えました」

「佐吉という弟子はどうした」

「行方をくらましたまま、未だに誰もが知らぬと」

無念の目で熊坂は言う。

「小夜はそいつが茶室の骸だと思っている」

小夜が「はい」と言ってうなずき、

「年格好その他から、佐吉本人に間違いないと存じます。首実検をしたいところですが、仏様はもう茶毘《だび》に付されました」

「死んだな余人ではなく、あくまで家の者だと申すのだな」

「はい」

「よし、おまえの勘を信じよう」

彦左は同心二人に、今から手勢を繰り出して一石橋付近を包囲するように下知し、彼らが急ぎ出て行った。

彦左は熊坂と小夜に向かって声を落とし、

「よいか、拐しなら盗賊火附改に任せておけばよいのだ。さほど世間には知られてねえと思うが、これでも結構拐し事件を扱ってるんだ。火付けや盗賊の事件につながって、拐しも起きているからな。町方なんざ屁でもねえのさ」

珍しく町方に対抗する姿勢を見せており、

「小夜、ぶっちゃけこの一件どう見ている。いつもそうだが、おれぁおめえの勘働きってやつを存外頼りにしてるんだぜ」

そう言われると小夜は恐縮し、

「いえ、そんな、身に余るお言葉を。あたくしの勘なんぞは当てになりませんよ」

「よいからお頭殿に思ったままのところを申し上げろ」

熊坂が小夜をせっつく。

「では申し上げます。これは何やら一筋縄ではいかないような、複雑に絡み合った何かがあるものと」

「ふむ」

「もどかしいのは主の宗室さんが不在なことと、家を守る女の人二人の心がさっぱり読めないことです。お富さんが雇い人で、藤乃さんは雇われのはずが、同等のようにもあたしの目には映ります。遠慮がないのですね。もっと突っ込んで知ろうと思うと、お二人は警戒しているようにして口を閉ざしてしまいます。さらに踏み入りたいのですが、隙がありません」

「うむ、それも妙な話だな。もっと外にいるおれなんざ正直お手上げよ。隔靴掻痒《かっかそうよう》ってのはこういうことを言うんだろうぜ。二階から目薬、遠火で手を炙《あぶ》る気持ちよ」

「仰せの通りです」

その時、五つを告げる鐘の音が聞こえてきた。

「よし、小吉、おめえに任す。一石橋一帯を差配しろ。ぬかるんじゃねえぞ。子供が人質に取られてることを忘れるな」

「承知仕《つかまつ》った」

一礼し、熊坂が出て行った。

彦左と小夜の二人だけになる。

「よっ、捕物娘、ほかに何かねえかい。不確かなことでも構わねえぞ。ここだけの話を聞かせてくれよ」

「はい、実は……」

「なんでえ」

「最初の矢文ですが、どこから射ったものかと思案しておりました。初めは外の人間が塀にでも登ってそこからと思ったのですが、宗室さんのお屋敷の築地塀《ついじべい》は低くて、とても庭の木の高さとは合いません」

「おお、それだよ、そういうことをおめえに気づいて欲しかったんだ。で、どうしたい」

「さっきの二度目の文は台所に投げ込まれてありました。いずれも外の人間の仕業ではないような」

「どういうことなんだ、そりゃ」

「つまりお屋敷のなかに、下手人の片われがいるのではないかと。どっちも証拠なんぞはありませんけど」

彦左が目を光らせ、

「それをどうやって炙りだすつもりだ」

小夜はここぞと膝を詰め、

「お頭様のお指図が頂きたいのです」

「だったらおめえ、屋敷に寝泊まりするしかねえな。子供と親しくなったんだから、理由はどうとでもなるだろ」

「お七ちゃんが無事に帰って来ればいいんですけど」

「おれぁ無事にけえって来ると思ってるぜ。いいか、拐した奴のドジを考えてみろ。偽浪人は貸衣装屋の札をつけて事に臨《のぞ》んでいる。笑っちまうじゃねえか。そんな奴らに人殺しができるものか。用意周到な下手人とは言えねえやな」

「もしお七ちゃんが戻ったとして、お屋敷のなかの片われがそれからどう動くか、そこですね、お頭様」

彦左が小夜を鼓舞《こぶ》する目でうなずいた。

十二

夜の五つ半（午後九時）を迎える頃、鳶《とび》の衆に化けた猪之吉と清次が、手筈通りに丹阿弥屋敷へ入った。

熊坂の指図を受け、二人を待っていたお富が奥から急ぎ足で現れた。その後にしたがった若い女中のお杉《すぎ》は、風呂敷に包み隠された千両箱を担いでいる。直前に事情を聞かされたらしく、お杉は緊張の面持ちだ。

「盗賊改のもんでがす」

猪之吉が言って、清次と共に膝を折った。

お富が張り詰めた顔でうなずき、

「ご苦労様。いいですね、くれぐれも頼みましたよ」

お富がうながし、お杉は黙って金箱を差し出し、それを清次が受け取って肩に担いだ。

猪之吉と清次は門から出て行く。

お富はそれを不安げに見送っていたが、踵《きびす》を返して奥へ戻って行った。そうして藤乃の部屋へ入った。

藤乃は茶を飲んでいて、お富にも淹れる。

女二人は含みのある視線を交わし、暫し沈黙していたが、

「藤乃さん」

お富が突き詰めた声で言った。

「こういう時は落ち着いていなければ」

藤乃は落ち着き払って、どこ吹く風とでも聞こえるような口吻《こうふん》だ。

「そうはいかないわ、いくもんですか。お七は無事に戻って来るかしら」

「心配してくれて有難う」

「もうあの子はあたしのものなのよ」

女二人の視線が絡まった。

「今それを言いますか」

「だって、だってあの子は……」

お富の心は千々《ちぢ》に乱れる。

「腹を痛めたのはわたしなんです」

静かな声で藤乃が言った。

「わかってるわよ」

お富は苛立ちを浮かべながら、

「おまえさん、考え直す気はないかえ」

「もう決めたことよ。決意は変わりません」

お富がみるみる泪《なみだ》を溢《あふ》れさせ、嗚咽《おえつ》して、

「だったら、今まで通りってわけにはゆかないの？　あたしは構わないのよ」

声を震わせ、手拭いで瞼《まぶた》を拭う。

それを見ながら、藤乃は冷めた声で、

「もう耐えられませんね」

「悪いのは宗室だわ、それはわかってるんだけど。おまえさんはいい人だから、この家にずっといて欲しいの」

「お富さん、今さらここでその話はよしにしましょう。わたしだって辛いのよ」

「うぅっ」

お富がまた泣いた。

ふっと動きを止め、藤乃の目が何かの気配を察知して流れた。不意に立って唐紙を開ける。左右の廊下を窺うが、誰もいない。

再び唐紙が閉められると、暗がりに隠れていた小夜が姿を現した。そのまま足早に立ち去って行き、小夜は女中部屋へ入った。他の女中たちはいるが、お杉はいない。

「お杉さんは？」

女中の一人が答える。

「警護の人たちにお茶を用意するって言ってたけど」

「そうですか」

小夜が行きかけると、女中が話しかける。

「おまえさん、今夜は泊まって行くのね」

「ええ、おかみさんの許しは得てますから。お七ちゃんが無事に戻るまで心配じゃないですか」

「それもそうね。お部屋用意してあるわよ、狭いかも知れないけど」

「有難う」

小夜は去り、台所へ来た。

お杉が何人分かの茶を淹れていた。

「警護の人は何人？　お杉さん」

「ほとんどが一石橋へ行って、お屋敷に残ってるのは五人てとこね」

「重かった？　千両箱は」

「ええ、もうびっくり。担いだの初めてだからずしんときたわよ。おかみさんから急に言われてまごついちゃった」

「ちょっと聞くんだけど」

「なあに？」

小夜が言い淀んでいると、

「あんたも不思議な人ね。通りすがりの見出人なのに、ここまでするなんて」

「ただのお節介《せっかい》焼きなの、気にしないで。それはそうと、師匠の藤乃さんがここへ来たのはいつから」

「えっとねえ、あの人はあたしが奉公に上がる前からいるわねえ。もの静かないい人よ」

「それじゃ、宗室さんてどんな人？」

お杉はとたんに表情を曇らせ、

「旦那さんもいい人なんだけど……」

「けど？」

「とっても怖い人。威張《いば》り散らしているわ。だからあたしたちは近づけないの」

「佐吉さんは？」

お杉は驚きの目を剝き、

「何よ、急に。あんたがどうして佐吉さんの名前を知ってるの」

「お七ちゃんから聞いたの」

「そっか、お七ちゃんかあ。あの子はいい子よ。あたしたちみんなで可愛がってるわ。それがなんだって拐されたの。小夜さんて言ったわよね、お七ちゃん無疵で帰って来ると思う？」

「うん、大丈夫よ、きっと」

「そんなことわかるの」

「そう信じましょうよ」

そこへ釜炊きの老爺杢兵衛《もくべえ》が、勝手戸から入って来た。

「冷えるのう、夜ンなると」

娘二人は杢兵衛に会釈し、お杉は茶を盆に載せて出て行った。

小夜はその場に残り、

「杢兵衛さん、二通目の文を見つけた時、どんな風でしたか」

「どんな風って言われてもなあ、夕暮れ刻でみんながバタバタしていたよ。毎日のことだが、わしも大釜で飯を炊いていて忙しかったんじゃ。そんななかでふっと足許を見たら結び文が落ちていた。女中の誰かに付け文かと思って、そうっとなかを開いたら……」

「一石橋に千両って書いてあったんですね」

「そうじゃ。けどその前からお嬢様の姿が見えなくなっていたんで、不審には思うておった。さらわれたんじゃないかとか、そういう話は女中たちともしていた」

「杢兵衛さんはここで働いて何年ですか」

「もうかれこれ十年になるかのう」

「失礼ですけど、身寄りは」

「そんなものはおらんよ。だからこうして働かせて貰って、奥様にゃ感謝している。

ああ見えてお富さんは情の深い人でのう、わしゃ大好きなんじゃよ」

お富が善女であることは判明したが、わからないのは藤乃だった。藤乃がお七の母親とわかって、小夜は衝撃を受けた。この拐しそのものが女二人の仕組んだもののようで、小夜はそこに奥深い闇を感じていた。

余人には決して踏み込めない、女二人の情念が色濃く渦巻《うずま》いているような気がするのである。

(手に余るわ、あたしの乏しい渡世経験じゃとても無理よ)

しかしここまできて、匙《さじ》を投げるわけにはゆかない。

「わしゃちょっと出掛けて来たいんじゃが、いいかの」

李兵衛が言いだし、小夜は不審を持って、

「あたしに言われてもなんですけど。こんな刻限にですか。どちらまで？」

「まっ、そのう、明日法事があっての、前の日に揃えておきたいものが。すぐ戻るつもりじゃよ」

「待って下さい、李兵衛さん、お屋敷がこんな時にお出掛けなんて」

「お七坊も大事じゃが、これはわしにとっても欠かせないことなんじゃ」

「どなたの法事なんですか」

李兵衛は黙り込む。

「あ、いえ、余計なことを……」

「一人娘なんじゃよ。若くして死んじまってのう、不憫《ふびん》でならんのじゃ」

話すだけで、李兵衛は目を潤《うる》ませる。

「ご病気か何かですか」

「すまねえ、聞かんでくれんか」

それだけ言い残し、李兵衛は肩を落とすようにして外へ出て行った。

また気掛かりができて、小夜は考え込む。

十三

一石橋は大きな太鼓橋《たいこばし》で、日本橋の西、呉服橋《ごふくばし》の東に架かっている。

子の刻ともなると人っ子一人通らず、漆黒《しっこく》の闇が辺りを支配し、たとえ魑魅魍魎《ちみもうりょう》が現れてもなんら不思議はない。

金箱を担いだ清次が、猪之吉と共にやって来て、森閑《しんかん》とした橋の真ん中に立った。

周辺を見廻すも、人影はない。

しかしそこかしこの暗がりに盗賊火附改の役人たちが潜んでいて、熊坂を筆頭に息を殺しているのだ。何人かは下帯ひとつになって御堀のなかに身を沈め、目を光らせている。

「親分、なんだかよ、肝試《きもだめ》しをさせられてるみてえだな」

清次が言うと、猪之吉はせせら笑って、

「おれの肝はとっくに据わってらあ。ビクつくんじゃねえ」

「ビクつくもんかよ、なんのこれしきだ。それにしても下手人どもはいつ姿を現すんだ」

「待つしかねえだろ。子供の声にゃ耳を澄ましとけよ」

ギイー、ギイー……。

櫓《ろ》を漕《こ》ぐ音が聞こえてきた。

猪之吉と清次がすわとなって、音の聞こえた一方の橋の欄干《らんかん》に駆け寄った。

舟が静かに流れて来て、それには三人の男の影が見えている。そしてもう一人、子供らしき影が猿轡《さるぐつわ》を嚙まされて船底に転がっていた。お七かと思われるが、ぐったりしていて動きはない。

「おい、金をここへ落とせ」

男の一人が橋上の二人に言った。

「な、なん……おい、親分、どうする」

清次が猪之吉に判断を仰いだ。

猪之吉は苦々しい声で、

「言われた通りにするしかねえだろ、投げ捨てろ」

「わかった」

清次が金箱を抱え持ち、真下に差しかかった舟めがけて投げ落とした。ドシンと重々しい音がして金箱が船首近くに落ちた。舟を漕ぐ男はそのままで、二人が金箱に取りついて蓋をこじ開け、中身を確かめる。してやったりといった様子で見交わしている。

すると一人がぐったりした子供を抱え、堀へ投げた。子供は沈まずに浮いている。

そこまでを息を詰めて見守っていた役人たちが一斉に動いた。逃げ去る舟に向かって何人かが必死で泳いで行き、何人かは子供の救出に向かった。橋上では猪之吉と清次が欄干に身を乗り出し、息を詰めて見ている。

やがて「おのれ、くそっ」と言う熊坂の声が聞こえてきた。熊坂もやはり下帯姿で、子供の躰を抱えて皆に見せている。それは生きた人間ではなく、適度な重さの土人形であった。着物も着せ、それらしく偽装している。

猪之吉と清次も愕然《がくぜん》となった。

「追え」

熊坂が怒号で下知し、猛然と泳いで舟を追った。他の同心たちもそれに倣《なら》う。みるみる舟に近づいた。

船上の三人は慌てている。

熊坂が舟に飛びついて乗り込むと、三人に飛びかかって容赦なく鉄拳を叩き込んだ。

三人は共に町人体《ちょうにんてい》で、ひとたまりもなくうちのめされた。

「子供はどこだ、白状しろ」

熊坂が怒りに任せ、三人をまたつづけざまに殴った。

十四

その頃、小夜はお杉から妙な話を聞き込んでいた。

李兵衛の法事の件を尋ねてみたのだ。

「ええ、李兵衛さんのその話なら聞いたことが。あたしが丁度このお屋敷に奉公に上がった頃よ。李兵衛さんには十七になるお里《さと》という娘さんがいて、その人も一緒にお屋敷で奉公していたのね。それが二年前に急に亡くなって、李兵衛さんは大層嘆き悲しんでいた。年を取ってからできた子なんで、大分可愛がっていたみたいだった」

「なんで死んだのかしら」

「さあ、李兵衛さん言わないから。誰も知らないいんじゃないかしら。病気だと思うけど、たぶんおかみさんならその辺のことはご存知かも」

お富に聞くわけにはいかなかった。

その時、玄関の方が騒がしくなり、小夜はお杉から離れてそっちへ向かった。

戻ってきた千両箱を見て、お富と藤乃は玄関先で当惑の顔になって見交わし合った。

熊坂が式台の前に金箱を置き、

「すまぬ。金は取り返したが、子供はおらなかった。しかし下手人の三人は捕えたゆえ、これから口を割らすつもりだ。暫し待ってくれ」

「あ、あの、下手人たちはどのような」

お富の問いに、熊坂が答える。

「どうせそこいらの破落戸《ごろつき》であろう。案ずることはないぞ。かならず白状させてみせる」

　ではひとまずと言って、熊坂は慌ただしく出て行った。

　お富が女中を呼び、金箱を蔵に戻すように言っている。女中二人がやって来て、金箱を持って奥へ去った。

　お富と藤乃はその場から動かない。

「藤乃さん、あたしたちのことがバレたらどうしよう。とうとう運が尽きたってことなのかしら」

「あれこれ考えるのはやめましょう、お富さん。きっとわたしたちの運命は決まっているのよ。足掻《あが》いても仕方ないわ」

「もうすぐ宗室が帰って来るのよ。お七がいないんだから、拐しがあったことを言わないわけにはゆかないでしょ」

「おぞましいわ」

「えっ」

「あの男がまたお七を可愛がる姿を見たくないの。その前にお七が戻って来たら、この家から出て行きたい」

「千両はどうするの。あたしはあんたにくれてやるって約束したのよ」

藤乃は何かを投げやるような目になって、

「もういいわ、お七さえ戻れば欲はかかないことにする。どこかでまた寺子屋の師匠を始めればいいのよ」

お富は苦悩に身を揉んで、

「ああっ、藤乃さん、本当にどうにかならないのかしら。お七を諦めろなんてあたしには無理だわ」

「御免なさい。あなたはいい人よ。なんの恨みつらみもないわ。悪いのは丹阿弥宗室なのよ」

しゃがみ込んで泣くお富を、藤乃はやさしく慰めてやる。

物陰から覗いていた小夜は、胸塞がれる思いで佇立《ちょりつ》していた。

十五

捌し実行役の三人はいずれも無宿者で、馬之助《うまのすけ》、四子吉《よしきち》、丑松《うしまつ》といった。

三人とも盗賊火附改の拷問蔵《ごうもんぐら》の梁《はり》に吊り上げられ、朝から熊坂の苛酷な拷問を受けている。

三人はお七の隠し場所だけは白状し、今は他の同心たちが救出に向かっていた。場所は魚河岸の地引河岸《じびきがし》にある廃屋の蔵だ。

熊坂は手を弛めず、ぎらついた目で三人を睨み廻し、

「よしよし、子供さえ無疵で戻ればおまえたちの罪は大分軽くなる。まずは死罪は免れ、遠島で済むかも知れん」

白状したところによれば、浪人に化けたのが馬之助、駕籠舁きが四子吉と丑松で、舟を漕いでいたのは房州《ぼうしゅう》出身の丑松だった。

馬之助が泣きっ面で懇願する。

「安心して下せえやし。子供にひでえことなんてこれっぽっちもしてねえです。代わる代わる機嫌を取って、ひもじい思いをさせちゃいけねえから、おれたちでせっせと餌《えさ》を運んでたんでさ。だからご容赦を」

「餌だと？」

熊坂が牙《きば》を剝いた。

「この野郎、なんて言い草だ。もう一遍言ってみろ」

「うはっ、お許しを」

熊坂が馬之助を狂ったように竹刀《しない》で打ちまくった。

絶叫を上げる馬之助に、四子吉と丑松は騒いで命乞いをする。

戸口から小者が顔を覗かせ、熊坂が打つ手を止めてそっちへ行き、何やら報告を受けて戻って来た。

「子供は無事に戻ったぞ」

三人の口からホッと安堵の声が漏れた。

「それでは仕上げと参ろうではないか」

熊坂がまた三人を睥睨《へいげい》し、

「そもそもこの拐しを企《たくら》んだのは誰だ」

三人は急に口を噤《つぐ》む。

「糸を引いている奴がいるはずだ。その者の名を明かせ。庇い立てするなら遠島では済まぬぞ」

熊坂が竹刀を構え、素振りをする。

三人は恐慌をきたして、

「し、知らねえんです、顔も見てやせん」

四子吉が言った。

熊坂は皮肉な笑みになり、

「そんな戯《ざ》れ言《ごと》が通ると思っているのか。顔も知らぬ奴から、どうやって拐しを頼まれたと言うのだ」

「信じて下せえ、本当のことなんで」

丑松が必死で言う。

次いで馬之助が口角泡《こうかくあわ》を飛ばし、

「あっしらが博奕《ばくち》ですってんてんになった晩に、お高祖頭巾《こそずきん》の女が寄って来て、拐しをやらねえかと持ちかけてきたんでさ」

「女だと？　どんな女だ」

熊坂の眼光が鋭くなった。

「顔は見てやせん。頭巾の目許涼しく、いい女でやんした。若くはなく、年増でしたぜ」

「それがなんと言って拐しを頼んだ」

馬之助がつづける。

「茶人の宗室の娘を拐して、身代金に千両を脅し取れと。宗室が箱根へ行っている間にそれをやって、人質の隠し場所は地引河岸の蔵にしろと。それに人質の引き渡しには本人を連れてかねえで、土人形をそれらしく仕立てろとか、細かな指図がありやした」

「女は何もかも決めていたというのだな」

「へえ、そういうことで。身代金は丸々くれるって話で、おれたちゃ夢みてえだと思ってそれに飛びついたんでさ」

これは丑松だ。

すると四子吉が情けない顔になって、

「別れる時、女はおれたちに一両ずつくれやして、これで一杯やってくれと。千両は結局夢で、手にしたのは一両だけだったですよ」

熊坂が失笑して、

「めでたいな、おまえたちは。今日日そんなうまい話があるものか。気の毒だから少し罪が軽くなるように上に言っておこう」

竹刀を放り投げ、蔵から出て行った。

十六

谷中《やなか》の貧乏寺の墓地に、杢兵衛の姿はあった。粗末な墓前で、ひたすら拝んでいるその姿は、老いた杢兵衛の姿とも相まって哀れだ。

小夜が現れ、そっと近づいて来た。

「ああ、おまえさんは……」

足音に気づき、振り返った杢兵衛が笑みを浮かべる。

「お里さん、残念でしたねえ」

杢兵衛は暗い顔になって押し黙る。

「自害したそうじゃありませんか」

「自害じゃねえ」

杢兵衛の強い声が飛んだ。

「殺されたんじゃよ」

「…………」

「こんなむごい話があるものかね」

「…………」

「わしと一緒にご奉公して、お里は明るく生きていた。不幸なんかとは無縁な顔をして、よく働いておったんじゃ。そのうち好きな人ができたらわしに孝行してくれると」

「それが、なんで」

「言えないよ」

李兵衛が手桶を持って立ち上がり、歩きだした。

小夜がつきしたがう。

大樹の下に掛茶屋《かけぢゃや》があり、どちらからともなく二人して床几に掛けた。小夜が甘酒を取りに行き、二つを持って戻って来た。境内に人影はまばらだ。

「二年前の今日みたいなうすら寒い日じゃったよ。知らせが来て、娘が大川に身を投げたという。信じられなかった。目の前が真っ暗になった」

「誰のせいなんですか」

「…………」

「李兵衛さん」

「丹阿弥宗室様じゃ」

「ええっ」

小夜の目が険しく尖った。

「宗室様が娘を手込めにして弄《もてあそ》んだ。娘は必死で怺《こら》えていたようだが、わしに何も言わずに死んでしもうた。暫くしてそのことが漏れ出て、ようやくわしの知るところとなった。半信半疑で弟子の佐吉に聞いた。奴と親しかったからの。佐吉は初めは違う違うと言っておったが、ようやく認めた。機会を待って宗室様に直に問い糾《ただ》すと、手込めなんぞなかったと言う。そう言っておきながら、宗室様はわしに十両という法外な金をつかませた。娘の供養代《くようだい》だと言う。体裁もあり、後ろめたくもあったんじゃろう。やはり宗室様が娘を死なせた張本人だと確信した。しかしわしはお世話になっている宗室様に、それ以上のことは言えずに胸にしまい込んでいた。ところがじゃ……」

「どうしました」

「二年近くが経って、宗室様は弟子三人を前にして、お里を手込めにした時の自慢話を茶室でしておった。たまたまわしは茶室の露地の掃除をしていて、それを耳にして覚悟を決めた。お里のそばへ行く覚悟じゃ」

小夜に差し挟む言葉はない。

「そうして次の日に茶室で宗室様が来るのを待った。刺し違えるつもりじゃった。ところがあにはからんや、宗室様は紀州様と箱根へ旅立ってしもうた。わしはそのことを聞いておらず、茶室に伏せていると、佐吉がものを取りに来てわしと鉢合わせとなった。そこでまたお里の話が蒸し返され、わしと佐吉は烈しく言い争った。佐吉が言うには、お里の方から宗室様を誘ったのだと言う。そんな馬鹿な話はあり得んのじゃ。佐吉は宗室様を庇って作り話を。わしは逆上した。その果てに、奴を匕首《あいくち》で刺してしもうた」

小夜は沈黙を守っている。

「佐吉の骸《むくろ》はわし一人で始末した。大八車に死げえを隠し、夜中に回向院まで運んで捨ててきた。途中で物乞《ものご》いが寄って来て手伝うと言うから、銭をくれてやってつき合わせた」

「……………」

「今では悔やんでいるよ。佐吉にはなんの罪もないんじゃ。悪いのはひとえに宗室様なんじゃからな」

「……………」

小夜はうなだれたままでいる。宗室が悪の権化《ごんげ》のように思えてきた。このままで済まされようか。いいや、済むはずはない。お富と藤乃のこともあるから、怒りは尚更《なおさら》だった。

十七

丹阿弥宗室が箱根から帰って来た。

もののしく行列を仕立て、塗駕籠から降り立った宗室は、迎え出た家人たちを見廻しているうちに不快な表情になった。

宗室は体格がよく、顔立ちも立派で、金糸銀糸を織り込んだ羽織を身につけ、髷《まげ》を茶筅《ちゃせん》に結っている。

宗室の様子を察して、弟子の和助と喜之平が家人たちに駆け寄り、何やら尋ねた上で戻って来た。

「奥様も藤乃様もお出掛けのようです」

和助が言えば、喜之平が次いで、

「お嬢様もどこかへ行かれたとか」

「佐吉はどうした。後を追うと言っておきながら、奴は遂に箱根に来なかったんだぞ」

「はい、それが」

和助が言い淀む。

「どうしたと聞いている」

「佐吉は死んだそうです」

宗室が目を剝く。

「なぜだ」

「いえ、詳しいことは」

喜之平も言って口を濁す。

「わしの留守中にいったい何があった」

誰にともなく言い放ち、宗室は怒り心頭の足取りで玄関に立ち、式台から廊下に踏み出した。

そこへお杉が駆け寄って来た。

「旦那様、お客様が奥に」

「誰だ」

「盗賊火附改の松平彦左衛門様と申される御方でございます」

「何を馬鹿な。盗賊改がなぜ当家に」

お杉が説明できずにいると、宗室は足早に奥へ向かった。

奥座敷に彦左が一人、端座していた。

宗室は虚《きょ》を衝《つ》かれたように彦左を見て、

「お初でございますが、何用ですかな」

彦左の前に座して言った。

「茶人のおめえにもの申したい」

「このわしをおまえ呼ばわりとはなんという無礼ですか。紀州様御用達の丹阿弥宗室なのですぞ」

「ふざけるな」

宗室が呆《あき》れて口を開ける。

「お富、藤乃、お七の三人の詮索をするめえによ、蔵ンなかを調べてみろ」

「なんですと」

「いいから蔵へ行け」

宗室はものも言わずに立ち、縁から庭に下りて蔵へ向かい、腰の鍵束《かぎたば》を引き抜いて扉を開けた。

あるはずの千両箱三つのうち、一つがなくなっていた。

愕然となる宗室の背後に、彦左が立った。

「持ってかれちまったぜ、千両は」

「な、何がなんだか……これはどういうことでございますか」

「どうもこうもねえ、こういうことだよ。おめえは人徳がねえからみんな人が逃げてくんだ。しめえにゃちっちぇえ子供にまで背《そむ》かれてよ、哀れなもんだなあ」

宗室は怒りで顔を赤くして、

「わかるように説明して下さらんか」

「おめえは釜炊きの杢兵衛の一人娘を手込めにして死なせた。それは認めるか」

「い、いいえ、知りません」

「お七の母親はお富じゃなく、藤乃だ。おめえが零落《れいらく》した御家人の娘の藤乃に手をつけ、お七を産ませた。それをあろうことかこの屋敷に引き取った。妻妾《さいしょう》同居ってやつだな。まっ、それもよかろう。それだけのことができるってことは、おのれに如何《いか》に力があるかってことの証明だ。お七が育つにつれて、藤乃は教育係という名目でこの屋敷におのれの居場所が持てた。許せねえのは、おめえが屢々《しばしば》藤乃の部屋に行ってたってこった。そのことがどれだけ藤乃やお富を苦しめたか、わかってるのか。いずれお七の知るところとなるだろう。あまつさえ、おめえは杢兵衛の娘まで汚しやがった。そいつばかりは許せねえぜ。そのことでお里は絶望してこの世を去ったんだぞ。

李兵衛はおめえと刺し違えるつもりで、佐吉を刺しちまった。今はおれっちの牢屋にいるが、ゆくゆくは罪を軽くしてやるつもりよ」

宗室は居丈高になって、

「人の家のことに口を差し挟むのはいい加減にして頂きたい。盗賊改といえども、越権は許されませんぞ」

「ほざくな、この野郎」

彦左が宗室に飛びかかり、顔面を強《したた》かに殴打した。そんなことをされた経験がないだけに、宗室は一瞬キョトンとし、それから怒髪天《どはってん》を衝《つ》いて立ち上がった。

「こ、このことお上に訴えてやる。いいや、紀州様に言上しておまえ様を罰して貰おう。ああ、それが一番だ。盗賊改といえども、所詮は木っ端《こば》役人じゃないか。無宿者や無頼とは違うんだぞ。思い知らせてやる」

「上等だぜ、このど助平《すけべ》が」

彦左がさらに宗室に殴る、蹴るを働いた。

和助と喜之平が飛び込んで来て、必死で彦左を止めた。そうしなければ宗室は半殺しにされていたところだ。

「やい、宗室、お富たちはどこ行ったと思ってるんだ」

彦左が言い放つと、宗室は血だらけの顔で首を烈しく振った。

彦左はそれには答えず、

「いいか、この件は紀州様に伝えておく。噂はたちまち広まって、おめえの足許はガタガタに崩れ落ちるだろうぜ。ざまあみやがれ」

捨《す》て科白《ぜりふ》で立ち去った。

十八

江戸の町のどこかを、お富、藤乃、お七が和気藹々《わきあいあい》と歩いていた。

千両を半分ずつ分け、女二人の首に巻いた荷はやや重い。だがそんなことはものかは、二人の表情は明るい。お七などは鼻唄《はなうた》混じりだ。千両は当然の報酬《ほうしゅう》で、拐しを仕組んだことなどは不問にされた。

すれ違った小夜が三人を振り返り、安堵の笑みで見送った。

清掃人という裏稼業をやっているなかで、こういった人々が手にした幸せは、小夜にも伝わって嬉しいものだ。

この世は明と暗、裏と表に分かれ、人が織りなす悲喜交々《ひきこもごも》を、小夜はこの先も見守っていくつもりだった。

そうすれば、きっとおのれにも返ってくると、十八歳のこの小娘は固く信じていた。

まだどこか幼いのである。

和久田正明 著作リスト

	作品名	出版社名	出版年月	判型	備考
1	『残月剣 公儀刺客御用』	廣済堂出版	〇三年二月	廣済堂文庫	
2	『夜桜乙女捕物帳』	学習研究社	〇三年八月 一三年三月	学研M文庫	※新装版
3	『千両首 公儀刺客御用』	廣済堂出版	〇三年十月	廣済堂文庫	
4	『血笑剣 公儀刺客御用』	廣済堂出版	〇四年二月	廣済堂文庫	

5	『鉄火牡丹　夜桜乙女捕物帳』	学習研究社	○四年二月 一三年四月	学研M文庫	※新装版
6	『鬼同心の涙　夜桜乙女捕物帳』	廣済堂出版 学習研究社	○四年四月 一三年五月	廣済堂文庫 学研M文庫	※新装版
7	『つむじ風　夜桜乙女捕物帳』	学習研究社	○四年六月	学研M文庫	
8	『紅の雨　夜桜乙女捕物帳』	廣済堂出版	○四年八月	廣済堂文庫	
9	『箱根の女狐　夜桜乙女捕物帳』	学習研究社	○四年九月	学研M文庫	
10	『情け傘　夜桜乙女捕物帳』	廣済堂出版	○四年十一月	廣済堂文庫	

11	『蝶が哭く　夜桜乙女捕物帳』	学習研究社	〇五年一月	学研M文庫	
12	『なみだ町　夜桜乙女捕物帳』	廣済堂出版	〇五年三月	廣済堂文庫	
13	『白刃の紅　夜桜乙女捕物帳』	学習研究社	〇五年四月	学研M文庫	
14	『彼岸桜　読売り雷蔵世直し帖』 『美女桜　読売り雷蔵世直し帖〈1〉』	双葉社 廣済堂出版	〇五年五月 一二年二月	双葉文庫 廣済堂文庫	※改題
15	『夜の風花　夜桜乙女捕物帳』	学習研究社	〇五年八月	学研M文庫	
16	『螢の川　読売り雷蔵世直し帖』 『花の毒　読売り雷蔵世直し帖〈2〉』	双葉社 廣済堂出版	〇五年九月 一二年三月	双葉文庫 廣済堂文庫	※改題

17	『月の牙　八丁堀つむじ風』 『月の牙　八丁堀つむじ風』	廣済堂出版 光文社	〇五年十一月 二〇年一月	廣済堂文庫 光文社文庫（光文社時代小説文庫）	
18	『猫の仇討　夜桜乙女捕物帳』	学習研究社	〇五年十二月	学研M文庫	
19	『初雁翔ぶ　読売り雷蔵世直し帖』 『地獄花　読売り雷蔵世直し帖〈3〉』	双葉社 廣済堂出版	〇六年一月 一二年四月	双葉文庫 廣済堂文庫	※改題
20	『風の牙　八丁堀つむじ風』 『風の牙　八丁堀つむじ風　二』	廣済堂出版 光文社	〇六年三月 二〇年二月	廣済堂文庫 光文社文庫（光文社時代小説文庫）	
21	『浮雲　夜桜乙女捕物帳』	学習研究社	〇六年三月	学研M文庫	
22	『あかね傘　火賊捕盗同心捕者帳』	双葉社	〇六年四月	双葉文庫	

23	『はぐれ十左御用帳』	徳間書店	〇六年五月	徳間文庫	
24	『火の牙　八丁堀つむじ風』 『火の牙　八丁堀つむじ風　三』	廣済堂出版 光文社	〇六年七月 二〇年三月	廣済堂文庫 光文社文庫（光文社時代小説文庫）	
25	『みだれ髪　夜桜乙女捕物帳』	学習研究社	〇六年八月	学研M文庫	
26	『海鳴　火賊捕盗同心捕者帳』	双葉社	〇六年十月	双葉文庫	
27	『情け無用　はぐれ十左御用帳』	徳間書店	〇六年十月	徳間文庫	
28	『夜の牙　八丁堀つむじ風』 『夜の牙　八丁堀つむじ風　四』	廣済堂出版 光文社	〇七年一月 二〇年四月	廣済堂文庫 光文社文庫（光文社時代小説文庫）	

29	『殺し屋　夜桜乙女捕物帳』	学習研究社	〇七年一月	学研M文庫	
30	『こぼれ紅　火賊捕盗同心捕者帳』	双葉社	〇七年二月	双葉文庫	
31	『鬼の牙　八丁堀つむじ風』 『鬼の牙　八丁堀つむじ風　五』	廣済堂出版 光文社	〇七年四月 二〇年五月	廣済堂文庫 光文社文庫(光文社時代小説文庫)	
32	『冷たい月　はぐれ十左御用帳』	徳間書店	〇七年五月	徳間文庫	
33	『飛燕　鎧月之介殺法帖』	双葉社	〇七年七月	双葉文庫	
34	『夜来る鬼　牙小次郎無頼剣』	学習研究社	〇七年八月	学研M文庫	

35	『炎の牙　八丁堀つむじ風』 『炎の牙　八丁堀つむじ風　六』	廣済堂出版 光文社	〇七年十一月 二〇年六月	廣済堂文庫 光文社文庫（光文社時代小説文庫）	
36	『狐の穴　はぐれ十左御用帳』	徳間書店	〇七年十一月	徳間文庫	
37	『魔笛　鎧月之介殺法帖』	双葉社	〇七年十一月	双葉文庫	
38	『桜子姫　牙小次郎無頼剣』	学習研究社	〇八年一月	学研M文庫	
39	『闇公方　鎧月之介殺法帖』	双葉社	〇八年二月	双葉文庫	
40	『氷の牙　八丁堀つむじ風』	廣済堂出版	〇八年五月	廣済堂文庫	

41	『逆臣蔵　はぐれ十左御用帳』	徳間書店	〇八年六月	徳間文庫
42	『黄泉知らず　牙小次郎無頼剣』	学習研究社	〇八年七月	学研M文庫
43	『斬奸状　鎧月之介殺法帖』	双葉社	〇八年九月	双葉文庫
44	『紅の牙　八丁堀つむじ風』	廣済堂出版	〇八年十一月	廣済堂文庫
45	『ふるえて眠れ　はぐれ十左御用帳』	徳間書店	〇八年十二月	徳間文庫
46	『月を抱く女　牙小次郎無頼剣』	学習研究社	〇九年二月	学研M文庫

47	『女刺客　鎧月之介殺法帖』	双葉社	〇九年三月	双葉文庫
48	『妖の牙　八丁堀つむじ風』	廣済堂出版	〇九年五月	廣済堂文庫
49	『家康の靴　はぐれ十左御用帳』	徳間書店	〇九年六月	徳間文庫
50	『緋の孔雀　牙小次郎無頼剣』	学習研究社	〇九年七月	学研M文庫
51	『死なない男　同心野火陣内』	角川春樹事務所	〇九年九月	時代小説文庫（ハルキ文庫）
52	『手鎖行　鎧月之介殺法帖』	双葉社	〇九年十月	双葉文庫

53	『卍の証　はぐれ十左御用帳』	徳間書店	〇九年十二月	徳間文庫	
54	『月夜の鴉　死なない男・同心野火陣内』	角川春樹事務所	一〇年一月	時代小説文庫（ハルキ文庫）	
55	『黒衣忍び人』	幻冬舎	一〇年二月	幻冬舎時代小説文庫	
56	『桜花の乱　鎧月之介殺法帖』	双葉社	一〇年四月	双葉文庫	
57	『狐化粧　死なない男・同心野火陣内』	角川春樹事務所	一〇年六月	時代小説文庫（ハルキ文庫）	
58	『罪なき女　はぐれ十左御用帳』	徳間書店	一〇年六月	徳間文庫	

59	『くノ一忍び化粧』	光文社	一〇年九月	光文社文庫（光文社時代小説文庫）	
60	『海の牙　八丁堀つむじ風』	廣済堂出版	一〇年十月	廣済堂文庫	
61	『邪忍の旗　黒衣忍び人』	幻冬舎	一〇年十二月	幻冬舎時代小説文庫	
62	『嫁が君　死なない男・同心野火陣内』	角川春樹事務所	一一年一月	時代小説文庫（ハルキ文庫）	
63	『女侠　はぐれ十左御用帳』	徳間書店	一一年二月	徳間文庫	
64	『外様喰い　くノ一忍び化粧』	光文社	一一年五月	光文社文庫（光文社時代小説文庫）	

65	『恋小袖　牙小次郎無頼剣』	学習研究社	一一年五月	学研M文庫	
66	『虎の尾　死なない男・同心野火陣内』	角川春樹事務所	一一年六月	時代小説文庫（ハルキ文庫）	
67	『はぐれ十左暗剣殺』	徳間書店	一一年七月	徳間文庫	
68	『女ねずみ忍び込み控』	学習研究社	一一年九月	学研M文庫	
69	『魔性の牙　八丁堀つむじ風』	廣済堂出版	一一年十一月	廣済堂文庫	
70	『天草の乱　黒衣忍び人』	幻冬舎	一一年十二月	幻冬舎時代小説文庫	

71	『蜘蛛女　はぐれ十左暗剣殺』	徳間書店	一二年一月	徳間文庫	
72	『幻の女　死なない男・同心野火陣内』	角川春樹事務所	一二年二月	時代小説文庫（ハルキ文庫）	
73	『夫婦十手』	光文社	一二年四月	光文社文庫（光文社時代小説文庫）	
74	『女ねずみ　みだれ桜』	学習研究社	一二年四月	学研M文庫	
75	『影法師殺し控』	ベストセラーズ	一二年七月	ベスト時代文庫	
76	『うら獄門　読売り雷蔵世直し帖〈4〉』	廣済堂出版	一二年八月	廣済堂文庫	

77	『悪の華　はぐれ十左暗剣殺』	徳間書店	一二年九月	徳間文庫	
78	『赤頭巾　死なない男・同心野火陣内』	角川春樹事務所	一二年九月	時代小説文庫（ハルキ文庫）	
79	『女ねずみ　泥棒番付』	学習研究社	一二年十二月	学研M文庫	
80	『夫婦十手　大奥の怪』	光文社	一三年二月	光文社文庫（光文社時代小説文庫）	
81	『鬼譚』	廣済堂出版	一三年三月	廣済堂文庫	
82	『笑う女狐　はぐれ十左暗剣殺』	徳間書店	一三年四月	徳間文庫	

83	『女義士　死なない男・同心野火陣内』	角川春樹事務所	一三年五月	時代小説文庫（ハルキ文庫）
84	『三代目五右衛門』	学研パブリッシング	一三年十月	学研M文庫
85	『夫婦十手　正義の仮面』	光文社	一三年十一月	光文社文庫
86	『黒刺客　はぐれ十左暗剣殺』	徳間書店	一三年十二月	徳間文庫
87	『鬼花火　死なない男・同心野火陣内』	角川春樹事務所	一四年一月	時代小説文庫（ハルキ文庫）
88	『妖怪十手』	廣済堂出版	一四年四月	廣済堂文庫

89	『なみだ酒　死なない男・同心野火陣内』	角川春樹事務所	一四年六月	時代小説文庫（ハルキ文庫）	
90	『特命　前篇　殺し蝶』	徳間書店	一四年十一月	徳間文庫	
91	『鎧月之介殺法帖　女怪』	コスミック出版	一四年十二月	コスミック時代文庫	
92	『特命　後篇　虎の爪』	徳間書店	一四年十二月	徳間文庫	
93	『髪結の亭主　一』	角川春樹事務所	一五年一月	時代小説文庫（ハルキ文庫）	
94	『髪結の亭主　二　黄金の夢』	角川春樹事務所	一五年二月	時代小説文庫（ハルキ文庫）	

95	『身代金』	徳間書店	一五年四月	徳間文庫	※「特命」シリーズ
96	『髪結の亭主　三　お艶の言い分』	角川春樹事務所	一五年七月	時代小説文庫（ハルキ文庫）	
97	『黒衣の牙　新八丁堀つむじ風』	廣済堂出版	一五年七月	廣済堂文庫	
98	『髪結の亭主　四　兄妹の星』	角川春樹事務所	一五年八月	時代小説文庫（ハルキ文庫）	
99	『特命　残酷な月』	徳間書店	一五年十月	徳間文庫	
100	『将軍の猫』	KADOKAWA	一五年十二月	角川文庫	

101	『髪結の亭主　五　子別れ橋』	角川春樹事務所	一六年三月	時代小説文庫（ハルキ文庫）
102	『嵐を呼ぶ女』	光文社	一六年四月	光文社文庫（光文社時代小説文庫）
103	『髪結の亭主　六　猫とつむじ風』	角川春樹事務所	一六年六月	時代小説文庫（ハルキ文庫）
104	『はぐれ十左暗剣殺　弾丸を嚙め』	徳間書店	一六年八月	徳間文庫
105	『将軍の猫　悪の華』	KADOKAWA	一六年十月	角川文庫
106	『地獄耳　1　奥祐筆秘聞』	二見書房	一六年十月	二見時代小説文庫

107	『髪結の亭主　七　姫の災難』	角川春樹事務所	一六年十二月	時代小説文庫（ハルキ文庫）	
108	『地獄耳　2　金座の紅』	二見書房	一七年二月	二見時代小説文庫	
109	『閻魔帳　地獄極楽巡り会い』	コスミック出版	一七年三月	コスミック時代文庫	
110	『髪結の亭主　八　女と盗賊』	角川春樹事務所	一七年五月	時代小説文庫（ハルキ文庫）	
111	『地獄耳　3　隠密秘録』	二見書房	一七年六月	二見時代小説文庫	
112	『はぐれ十左暗剣殺　怪盗流れ星』	徳間書店	一七年八月	徳間文庫	

113	『地獄耳　4　お耳狩り』	二見書房	一七年十一月	二見時代小説文庫	
114	『提灯奉行』	小学館	一八年一月	小学館文庫	
115	『髪結の亭主　九　炎の紅襷』	角川春樹事務所	一八年二月	時代小説文庫（ハルキ文庫）	
116	『地獄耳　5　御金蔵破り』	二見書房	一八年四月	二見時代小説文庫	
117	『髪結の亭主　十　空飛ぶ姫』	角川春樹事務所	一八年六月	時代小説文庫（ハルキ文庫）	
118	『外道斬り　影法師殺し控』	コスミック出版	一八年八月	コスミック時代文庫	

119	『提灯奉行　一寸法師の怪』	小学館	一八年九月	小学館文庫
120	『十手婆　文句あるかい　火焔太鼓』	二見書房	一八年十一月	二見時代小説文庫
121	『十手婆　文句あるかい2　お狐奉公』	二見書房	一九年三月	二見時代小説文庫
122	『昼行燈　布引左内影御用』	角川春樹事務所	一九年三月	時代小説文庫（ハルキ文庫）
123	『人でなしの恋　布引左内影御用』	角川春樹事務所	一九年五月	時代小説文庫（ハルキ文庫）
124	『十手婆　文句あるかい3　破れ傘』	二見書房	一九年七月	二見時代小説文庫

125	126	127	128	129
『提灯奉行　浅き夢みし』	『恋する仕立屋』	『昼行燈　阿蘭陀女　布引左内影御用』	『怪盗黒猫　1』	『地獄の清掃人』
小学館	小学館	角川春樹事務所	二見書房	徳間書店
一九年九月	一九年十二月	二〇年二月	二〇年六月	二〇年九月
小学館文庫	小学館文庫	時代小説文庫（ハルキ文庫）	二見時代小説文庫	徳間文庫

この作品は徳間文庫のために書下されました。

徳間文庫

地獄《じごく》の清掃人《せいそうにん》

2020年9月15日 初刷

著者 和《わ》久《く》田《だ》正《まさ》明《あき》

発行者 小宮英行

発行所 株式会社 徳間書店

東京都品川区上大崎三－一－一 〒141－8202
目黒セントラルスクエア

電話 編集〇三（五四〇三）四三四九
販売〇四九（二九三）五五二一

振替 〇〇一四〇－〇－四四三九二

印刷
製本 大日本印刷株式会社

ISBN978-4-19-894569-5

徳間文庫の好評既刊

和久田正明

はぐれ十左暗剣殺
黒刺客

書下し

徒党を組み大店を襲っては殺戮を繰り返し金品を奪う兇賊赤不動が江戸を去ったとの情報が入った。探索のため火附盗賊改方の同心鏑木十左が御用旅に出た。その最中、旅籠に火を放ち彼に襲いかかる者が次々に現れた。赤不動の手の者か、それとも怨恨か？

和久田正明

はぐれ十左暗剣殺
弾丸を噛め

書下し

白昼、日本橋で起きた辻斬り。殺されたのは、鳥見役に鉄砲簞笥同心、歌舞伎役者に商家内儀。彼らに繋がりはなく、火附盗賊改め方の鏑木十左に探索が委ねられた。殺された鉄砲簞笥同心の妻に話を聴きに行くと、それは十左と浅からぬ因縁のある女だった。

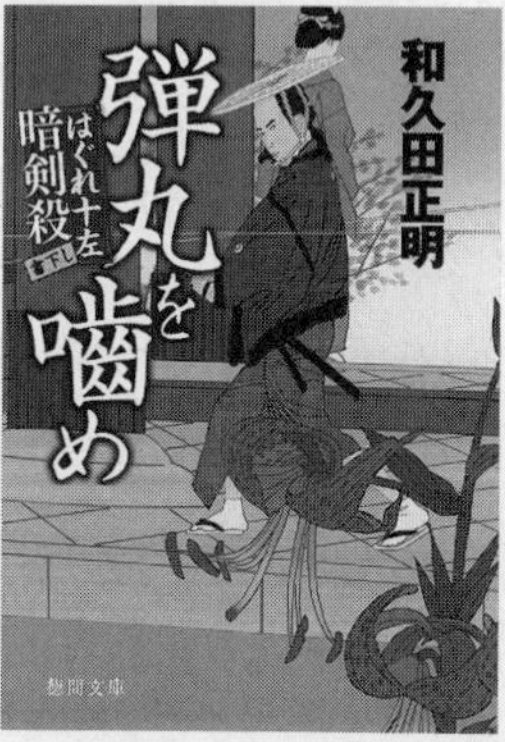